KB189350

고래가 되는 꿈

신동옥 시집

문예중앙시선
47

고래가 되는 꿈

신동옥 시집

문예
중앙

나의 시론, 열음烈音 여의餘意에게

시인의 말

누군가,

이 빠진 손톱 한 쌈을 묻어두고 영영 다른 땅으로 떠났다는 사연

시간이 흘러,

그대라는 말은 내가 여기 돌아와 처음 씻어 헹군 꿈이었고

나라는 말은 그대 입술이 처음 삼킨 비밀일 테니

익숙한 농담과 소문들 갈피로 끝없이 웃자랄 삶의 모종들

푸릇푸릇 싹트는 귓바퀴, 이파리 반질반질

굴곡진 푸르름 속에 다시 쓰일 끝없는 이야기.

인간은 꿈꾼다. 고로, 인간은 변한다.

2016년 가을, 南陽에서 吉音까지

_沃

차 례

1부

에필로그

□ 한 연이 첫 번째 행에서 시작될 때는 〉로 표시합니다.

프롤로그

고래가 되는 꿈

가령, 내가 온 힘으로 달려서
이 땅 끝까지 달려서 어느 막다른 길에 다다르는 순간
나는 끝없이 달릴 수 있고 절벽으로 몸을 날리거나
가만 멈춰 서서 생각에 잠기는 수도 있겠지.
여기 잠들어야 하나?
마저 헤엄쳐 건너야 하나?
내가 처음 마주한 벽을 무너뜨리고 처음 움켜쥔
문고리는 뜨겁게 달아올라 쥘 수도
놓아버릴 수도 없는, 여기
잠들어야 하나? 그 알 수 없는

두려움과 떨림으로
물가에는 언제나 하얀 머리카락을 풀어헤친
얼빠진 사내가 있어 저 치명적인
인간의 꿈에 중독된 물빛에 비추자면
우리는 모두
죽음을 그리워하는 自然 또는
처음 물속으로 걸어 들어간 사내

또는 처음 노래를 지어 부른 여인
그 속이 타들어가는 열정을
헤아려보자

민물에서 짠물로
솟구치는 기포의 힘으로
물보라를 꽃처럼 틔워내며
서서히 항진하는 몸부림을 귀청을 찢는
폭발음을 일으키며 등성이에서 등성이로
절벽에서 절벽으로 쏟아져 내리는 아우성을
가령 내가 온 힘으로 달려서 이 땅 끝까지 달리고 달려서
처음부터 다시 진화하는 법을 배워서
숨을 들이켜는 법부터
다시 익혀서

물속 깊이 주둥이는
길게 늘어뜨리고 목구멍으로는
공기를 욱여넣으며 마침내 울음도

웃음도 하얗게 말라붙는 진공으로, 더불어
꺼멓게 타들어간 등허리는 파도 위에 내어놓고
숨구멍은 고단한 이마 위에 옮아 붙어서
무릎에서 발등까지 한데 뭉친
꼬리지느러미로 쿵, 쿵,
수면을 내리찍으며
물길을 틀 때

미끈한 물결 따라 옴폭 팬
물구덩이 봐라, 마법처럼 피어났다
오므라드는, 끊어질 듯 이어지는
헐거운 심박동으로 옴폭 팬, 무덤을 닮은
물구덩이를 고래발자국이라 부를까?
가령 내가 저 멀고 춥고 아득한 물길 따라
꽃잎처럼 너울너울
피었다간 메워지는
고래발자국 몇 땀으로

〉

이 땅을 버리고
맨 처음 바다로 나아간
한 마리 고래가 되어서
내 남은 숨 모두 들이켜고도
차고 넘칠 퀴퀴한 추억에 익사하던 어느 먼 옛날
전생의 힘을 빌어서도 끝장내지 못한 미련은
나도 모를 누구의 꿈결을 텀벙거리며
치달리고 달릴까?

저 잔잔한 수면을 헤치고
가라앉는 별 몇 알 물먹은 빛으로
뿜어 올리는 커다란 울음으로
탕, 탕, 탕,
항진하는 고래발자국 속에서
맨 처음 물속에 뛰어든 파동이 되어서
맥박이 되어서 노래가 되어서
마침내 내가
고래가 되어서
끝없이 끝도 없이.

드러눕는 밤

그동안

한 명의 한국어 사용자로서 시인으로서

나는 피붙이보다 낯모를 사람들과 귀신의 무리들을 더 사랑했다.

그걸 詩랍시고 끼적이며 다시는

나라는 주어가 이끄는 문장은 쓰지 않겠노라 다짐도 수차례 해봤다.

달이 태양에서 빛을 빌려 오듯이

모든 한국말은 한 개의 기본적인 의미와 나머지 쓸모없는 의미를 가진다는 것을

처음 하나는 살아 움직이기 위해서

쓸모없는 나머지들은 제 몸뚱이로 고함을 내지르기 위해서

제가 살아간 땅을 향해 악기처럼 커다란 울음을 연주하기 위해서

버려졌다는 것을

〉

인정한다
나는 끊임없이 집을 지었고
집 속에서 스스로 무너졌다는 것을
고의는 아니었다
살아 있었으므로

속죄하는 의미에서
나는 오늘 여기 吉音에서 죽고
나는 드러누울 것이다.
모든 동물이 꼭 제 몸뚱이만 한 무덤을 남기고 가듯이
우선 일생 나를 끌고 온 그림자를
발바닥에서 떼어
여기 吉音에 묻어두고
시작하겠다.

언젠가
상서로운 소리를 내며
물이 흘렀다는 여기서

그 귓가에 쟁쟁한 吉音 속에서
나는 오늘 가장 낡은 돌을 디디고 서고
흐린 물속에 다시
흔들리는 물풀을 바라보며

흙먼지 날리는 재개발지구에서
시뻘건 속살을 드러낸 폐허에 알박기를 한 골조 한 채
마치 제가 나라는 인간의 모음이라도 되는 듯
완력을 뽐내며 쏟아지는
ㅏ ㅔ ㅣ ㅗ ㅜ ㅡ ㅣ ㅡ ㅣ
월동을 하는 파리떼가 점점이 박힌
눈발 속에서
쏟아지는

구두점을 호주머니에 주워 담으며
엉망진창 쏟아지는 행간을 타오르는 불덩이처럼 등짐
지고
내리는 눈발 속에서

영영

아주

드러누워서

눈알에 LED 등불을 박은 거리의 아이들을 지나
종잇장 같은 눈보라의 페이지를 헤매는 노파를 지나
등과 배와 팔다리를 부딪치며 걷는 사람들의 무리를 지나
저 모든 형상과 소리와 감정이 뒤범벅이 되어
뒤섞이는
도회의 뒷골목을 지나
뒷모습마저 보이지 않으려는 표정과 마음이

한데 뭉텅뭉텅 퍼붓는 눈발 속에서
파리떼가 붕붕거리는 눈발 속에서
이 문장을 이끌고 가는 것은
악마의 자비뿐일지라도
누군가
천박함은 그 자체로 반동이라고 썼지만

반동이라 할지라도

어떤 말이든 입술에 길들이고 나면
이 땅은 당신이 믿는 모든 것의 원인일 수도
있다는 것으로 인해
누워서 보니 이 모든 천박함이
반동이 두서없이 뭉클하구나.
연필로 갈겨쓴
이 열에 들뜬 행간마저도
어깻죽지가 노곤하구나.

그러니
더 더 눕자 약속대로 큰大 자로
아니 그보다는 길음 강북 서울 남북한으로 드러눕자.
누워 봄이 오는 것을 보자.
멀리서 날아온 햇빛이 기적처럼 손바닥에 앉는 것을
새로 돋는 이파리가 새로 솟은 거주 지구를
두 쪽으로 가르는 것을

당신의 하얀 몸뚱이가 새로 뻗은 어둠 속으로 하얗게
하얗게 용해되어가는 것을
두 눈 똑똑히 치켜뜨고
보자.

드러누워서 아예
지구의 현생 인류의 이름으로
드러누워서 아주
우주의 부피로
영영
대놓고
드러누워서.

1부

시

추문이 꽃 사태처럼 바람에 불려간 자리

낮꿈의 속임수를 벗어나려 안간힘을 쓰는 밀어
오래 귀담아들을수록 달콤해만 가는 거짓
꼭 같은 찻잔을 감아쥘 때 떠는
꼭 같은 파동의 상쇄
번개의 끈으로 묶어놓은 고요

그대였던 단 한 사람을 일깨우는 노래가 타오르는 촛불처럼 일렁인다.

석류

가지 끝에 피톨을 머금고 삼켜 솟구치는 불의 나팔

밤하늘로부터 일직선으로 날아드는 대답에 귓바퀴를 안으로 돋는 옹골찬 타악기

떨어져 썩은 한 알이 가지에 기어올라 과육을 졸이고 졸여서 쪼그라들어서 살을 긁고 습진을 털어내고 다시 잎을 틔울 때

끝 간 데까지 저를 물리고도 모자라 검붉게 달아오른

핵, 탄착점 없는 열정이 꿈꾸는 희생자 없는 세계의 고요한

애절양哀絶陽.

얼음수레바퀴

물 한 방울 없이 수증기는 피어난다. 사람도 벌레도 이파리 하나 없이 물방울은 응결한다. 물속에는 언제나 아무도 모르게 죽은 누군가가 있고 말은 처음 발음된 대기 속에 뿌리내린다. '얼음' 하고 말하면 처음 얼음장을 밟았던 대기 속에 소낙눈이 퍼붓고 얼음은 언다.

아무도 물 밖으로 살아 돌아올 수 없도록 물은 중심부터 증발하고 가장자리부터 얼어붙는다. 물속에서 누군가 얼음장을 두드린다. 얼음장 아래서 보면 온 세상이 그림자 극장이겠지. 손금 모양으로 갈라지고 봉인하고 녹아 흐르는 얼음이 누군가의 몸뚱이를 발췌해서 읽는다.

어린 시절, 얼음을 지치다가 깊은 데까지 나아가곤 했지. 깊이 모를 수렁에서 헤어 나와 모닥불에 몸을 말리며 얼음을 동그랗게 도려내 가운데를 불로 지져 구멍을 뚫고 헐벗은 몸으로 얼음수레바퀴를 굴리며 집으로 돌아오곤 했지. 모두 녹아 사라지고 나서도

〉

나만 혼자 구르고 굴러 어디까지 와버린 걸까? 응결하고 얼어서 하나가 되는 법을 배웠지만 녹아 흐르는 법은 배운 적 없는 것 같다. 녹조 속에서도 물방울은 자전하고 피 한 방울 없어도 얼음은 어는데, 물에 빠져 죽은 자가 마지막으로 움켜쥔 풀이름은 무얼까?

포화 곡선을 넘어 이슬점, 이슬점 넘어 빙점, 살얼음이 깔린다.

얼음이 되는 법을 기억한다.
얼음이 되어 녹아 구르는 법을 기억한다.

저수지

물이 빠지면 고기 아니면 진흙인데

누가 관정管井을 팠나
기갈이 들린 눈알 같다

저 닫힌 수면 아래
화택火宅이 한 채

죽은 것 산 것 몽땅 다 저 속에 있다

온몸에 뼈란 뼈는
죄 부서져
불로 돌아가고 바람에 흩어져라

눈보라 치듯 휘돌다가
피리 소리를 내며 빨려든다

소용돌이친다

〉

방죽에는 구두가 한 짝

석축石築,
억새밭

머리가 검은 짐승 한 마리.

모스크바

하얀 파랑
더는
넌 뜨겁지 않아

세포를
한 벽 한 벽
헐어
살비듬을 덮고

잔다

재가 되는가

하얀 파랑
이리로
너는
와라

>

울지 마
겨울

눈알이 빨간

나의 새

빈집

당신은 구두를 가진 적 없고
발가락이 아름답다
나의 구두가 안간힘으로 뾰족함을 벼려 당신의 지붕을 달랜다

나는 당신의 시공자가 아니다
나는 당신의 적이 아니다
나는 당신을 모른다

벽과 천장
배치와 망치
나날의 조감도
임무와 공기
노동과 희사

간결하게 이어가는 템포로 마침내 당신은 완결된다
당신은 조금 가깝고 나는 조금 소란하다

〉

기본형의 골조를 거느리고
텅 빈 내부로 흐너져 안기는

당신이라는 천장을 기워 입은 나는
당신을 옥죄는 치욕의 척추뼈

코르셋
나는 당신의 용적을 셈한다

나의 구두가 안간힘으로 뾰족함을 벼려 당신의 지붕을 달랜다
당신은 내 친구가 아니다

나는 끝장을 모른다

우리는 완벽하다

울안

내, 언젠가
싸리나무 그림자를 아낀 나머지
싸리나무 울타리에 다시 싸리나무를 더해 막았더니

내 사랑했던 것들은 나를 버렸다
내가 나를 에둘러 들쑤시는 것처럼

하릴없이 마른 몸이 맑은 밤을 안고 잠들었더니
하늘 귀 어둠이 다한 곳에 앉았다 일어났다가
문고리를 잡으면 이미 다른 지붕 밑이었다

싸리나무 울타리
빛살은 짧은 가지에 한번 꺾이고
해거름을 여며 다시 죽고
마침내 마당 귀퉁이에 나 혼자 게을렀더니

사랑하는 자여 너 돌아가거든
이, 내 쪽으로 고갤랑 돌리지도 마시압

〉

별 짧고 바람 길고
겨울 눈에 검게 탄 아이는 휘파람 부는 상달

떠나는 넋만 봄풀처럼 푸르게 에워싼 북벽
그림자를 비질하는 아이에게 정처를 묻느니

궁벽한 울안 살림을 애써 헤아리려나?
철 이른 눈발만 소리 없이 그득하고

그대를 섬기느니
나의 예의는 게을렀다

이 生, 쓸쓸한 문장이나마 나눌 자 있다면
더불어 한 줄 써주시기를
나, 간절히 허락하노라

엔젤 탱고

당신의 불가해한 찬장 아래
착착 팟팟 섞어 끓어 치는
찻주전자와 밥솥의 싸움
썩어 들끓는 냄새를 가리는
후추와 부추와 식초
덜 익은 몸으로 거미줄을 자아
천장을 끌어내려 앉히는
집거미와 국간장과 실고추의
사특한 이종교배

달무리에 뭉친 파란 밥찌끼로
당신이라는 잔반과 향료가 몸을 섞어
서로를 으깨고 비비고
당신이라는 숟가락이 기룬
희생 없는 세계의 막사발이 꿈꾸고
당신이라는 소반이 껴안는
귀빠진 보시기가 있어
종지기가 있어

〉

당신의 불가해한 찬장이 나의 섭생을 훈육할 때

당신의 남자는 물고기처럼 싱싱하고 당신의 조리법은 절망학이다

작은 보석 상자 안의 토종어들

—만종

양수기, 끝에서 얼어붙은 물줄기 칼바람에 찢겨 팔락대는 비닐

아래 앉아서 그 무슨 간절한 바람도 없는 여태 맨발로 듣는 종소리

메마른 우물 벽을 치고 도는 우웅 우웅 우웅 귀신 소리

나락 짚단 짚더미 지나 휑한 논바닥 갈라터지는 은하수 별꽃 무늬

미꾸라지는 꼬리까지 스미는 추위 속에 잠들어 한 관 한 관 이 땅의 육수가 되어가겠지.

발뒤꿈치는 살얼음 엉기는 들판을 꾹꾹 누를 때마다 갈 길 모르는 눈빛은 벼 마디마디에 피가 되어 고이고

낡은 천칭에 오른 듯이 바람에 몰리다가 계절을 사르는 분탕질에 홀딱 벗었다

〉

젖은 사방나무에 몸을 말리고 맹감나무 잎 잔으로 목을 축이고 이파리론 왕관도 만들어 씌워
엉망으로 얼어붙은 몸을 서로 안아 일으키자

나락 쭉정이도 씹고 꿩고기도 먹고 노루 피도 마시고 살쪄서 돌아가야지
얼음 샛강 디뎌서 우리 집까지.

벙어리

—美毛手足 친구들에게

오늘은 달리는 구름이 되련다

뒷모습으로 종종걸음 치는 꽃대를 위해
바람에 들려 아픈 뒤태로 멀어지는 꽃씨를 위해

흰 꽃잎 같은 눈짓을 흩어 햇발을 잣는 손가락을 위해
걷다 지쳐 곱은 발등을 두드리는 안부와 헛웃음을 위해

오늘은 달리는 구름이 되련다

우린 같은 혀에 부려졌지만
하시도 같은 춤을 섬긴 적 없어
촉각촉각 다가서고 스멀스멀 말미암으며

가슴팍에 스민 피비린내를 마주 핥으며
역린의 비늘을 닦던 우리의
피설겆이는 내내 재재발렀다

지난 모든 밤을 훑을 태세로
실핏줄마저 뽑아 피옷을 만들어 기울게
찢긴 마음의 차양을 여미게

하르르
자르르
먹장구름이 눈뜨는 시간

너는 다디단 수화가 되어 나를 한 뼘 안아 올린다.

굴락

잇새를 빠져나온 적 없는

리듬처럼

스윽 쓱

퍼붓는
치찰음 속에서

얼어붙은 진흙탕에 두 다리를

담그고
얼어가며

퍼붓는 치찰음 속에서

악무한

정지 비행

우산이끼 그늘 작은 화분에 지은 솔이끼 집

노랑 모래, 금모래, 사금파리, 솔이끼야, 날아라 어두운 밤
꽃 피우는 일이란 나의 아내를 다른 꽃으로 옮기는 일
두엄 더미 속에서 짧은 삶을 살며 눈물을 흘리는 버둥거림으로

꽃 사태 간장 종지 막사발
오돌토돌 꽃물 들이는 밥상구름을 이마에 얹고
나의 아내는 이 땅의 화분을 누구보다 정겨운 꽃으로 가꾼다

노랑 모래, 금모래, 사금파리, 솔이끼야, 날아라 어두운 밤
수염 한 낱을 발등에 얹고 간다, 마치 삶이 밥이라도 되는 듯이
별과 똥오줌 사이 꽃잎을 콧등에 얹은 아가가 웃는다

라퐁텐의 천사들

지구는 악마투성인데 우화에는 늘 천사가 없지.

가령, 홍적세 만 년 고사리 숲속 작은 집
안녕! 한마디 말로 꽃 피우는 아이들
새를 불러 모으고 가지를 늘어뜨린다.

누군가 꿈꾸고 누군가 꽃잎을 들치고
누군가 식탁을 두드리며 노랠 흥얼거리는 저녁나절.

나른해! 누군가 말하면
모두 눈썹 위에 설탕을 뿌리고 다디단 잠을 잔다.

식탁에는 호리병.
흔들의자 위에는 사탕 그릇.
사탕 그릇 속에 꽝꽝 얼어붙은 설탕 시럽.

녹아 허물어져가는 벽 틈,
연유를 칠한 크래커 처마 아래 막대 사탕 굴뚝.

초콜릿으로 빚은 문고리는 집을 드나드는 이의 떡니라도 되는 듯 반짝인다.

설탕 시럽에 발을 담갔다가는 잽싸게 창문을 빠져나가는 개똥지빠귀.
호리병 속에서 시간이 조금씩 잦아든다.

기다리는 손님이라고는 고개를 조아리고
발바닥에 묻혀온 길을 터는 공손한 뒤꿈치들.

가령, 아이였음을 기억하는 아이들밖에 없는
아이들이 지은 집.

사탕은 여전히 단단하고
아이들은 시럽 속으로 가만히 녹아든다.

송천동

밤사이 미아3구역 한 블록에 불이 꺼지고 물이 빠졌다. 그들은 세간을 챙기는 대신 은행으로 가 통장 잔액을 확인하겠지. 마치 외상값을 청구하듯이 이 골목의 값어치는 먼지가 내려앉은 정도에 따라 매겨지고

누군가 어둠 속에서 손을 뻗어 불을 끈다.

문고리 하나 초인종 하나 우체통도 하나뿐인 늙은 집

대문에서 나와 대문으로 들어가는 일이 삶이라는 듯이

밤이면 먹을 것 입을 것을 찾는 지혜로 긴 여행을 떠나는 검은 비닐봉지가 바스락거린다. 아무것도 살 것이 없어서 더는 아무것도 살아낼 일이 없어서 미술 학원 담벼락 쓰레기 더미 위에 나붙는 재개발 공고문 재개발 반대 공고문 담배꽁초를 버리는 손가락을 따라 내 사는 대문 안쪽까지 날아드는 송사訟事들

미용실 노란 간판 아래서 노랑머리 미용사는 셔터를 내리고 풍을 맞고 쓰러진 건강원 노인의 새 아내는 타카총처럼 호스를 흔들고 고기를 구우며 동네 우편물을 대신 받는

맘씨 좋은 생고깃집 노부부의 사전 검열 바지는 호호백발 스머프 할머니들이 재봉틀을 돌리는 수선집에서 찾아야 한다. 날을 세워 시간강사 밥벌이를 나서야지.

개년 쌍놈

싸우며 가을봄여름을 난 앞집에선 치매를 앓는 쌍놈이 개년의 어깨를 붙잡고 걸음마를 다시 배우는 골목

한결같이 노인이고 한결같이 어린아이다.

이들의 고통은 봄이 생일이고 모두 추운 겨울 남쪽 나라에서 태어난 것처럼 골목을 돌본다. 고양이는 고양이대로 개는 개대로 오소리는 오소리대로 누구도 누구를 절멸할 권리는 없다는 듯

우리를 사로잡는 작은 카스트

틈바구니에서 올봄에는 내 딸아이도 태어나 이 골목에서 한국말을 배울 테지. 좋은 쌀이 넘쳐나는, 꿈을 품은, 사투리로 질척거리는, 근본 없고, 갈 곳 모르는, 말을 배워서, 새의 이름을 이야기하고, 별들의 이름을 다시 짓듯이, 부모보다 먼저, 골목을 익히겠지.

〉

아빠

홈통 아래는 물이 많아서 풀꽃이 많고(아가 그건 잡초란다) 풀꽃 위에는 장난감이 많고(아가 그건 쓰레기 더미란다) 장난감 위에는 고양이가 많고(쥐도 많겠지) 고양이가 뛰어넘는 담장에는 덩굴장미가 피어나고(짓뭉개진 이파리들은 누가 쓸겠니) 덩굴장미는 저 멀리멀리 가시가 제일 늦게 돋고(……) 이파리가 제일 먼저 돋는 끄트머리서부터 봄을 불러온다고

시인 아빠를 가르치겠지!

그래 덩굴장미는 뿌리서 제일 먼 끄트머리부터 이파리를 틔우고 이파리 다 여문 꽃받침 아래 가시를 숨기고 그 우듬지에 꽃을 피운단다. 하지만 이 골목을 가득 메운 꽃향기는 누구의 몫인가?

꽃은 늘 눈앞 아스라이 저만치에 피어나고

향기는 늘 등 뒤 어디만치 멀리서 피어나는데

여기는 땅 밑인가? 구름 속인가? 에스컬레이터 위인가? 걸어도 걸어도 늘 제자리 송천동이다.

〉

밤이면 낯모를 손님이 다녀가고 그이가 먹다 남긴 빵 조각으로 꿈에 배를 불리고 창밖에 심어놓은 흰 꽃잎으로 입술을 닦아도 잔칫상 같은 골목은 부풀어 오른다. 마치 밥을 달라고 응앙응앙 울어대는 아가처럼 우리는 늘 허기지고 목마르고 두 손에는 늘 무한대 모양의 수갑을 차고 있겠지.

....

영원히 끝나지 않을 줄임표처럼

∞

길음2재정비촉진구역

기리묵골, 기레미골, 기리물골……

골짝을 따라 흘러내리는 물소리가 맑고 고와서 길음吉音이라고 썼단다. 북한산 모과나무 산등성이를 돌아 삼각산 납작집 돌무덤 위로 구름이 한 덩이씩 굴러 내리는 빗소리를 들으며

그 길음, 속에서 나는 한 여자에게 고백했다.

그해 겨울엔 가뭄이 길었고 봄엔 내내 햇무리했지. 다시 여름이 오고 누구랑 누구랑 결혼을 한다기 진땀을 빼며 찾아갔더니 북한산 모과주 기막힌 한상차림 잔칫상에 취해 깨어난 것은 그녀와 나였다.

이제 그녀와 나는 한집에 살지.

이 동네는 원래 길음이었는데 나중에 송천松泉이 되었다고. 길음 물소리에 취해 자란 커다란 소나무 아래 맑디맑은 샘이 하나 있다 하여 송천이라고 썼단다.

모두 모두 납작집이던 시절 누군가 지붕 위에 지붕을 해 얹고

누군가 마당 밑에 굴을 파고 굴 아래 다시 굴을 파고
해봐야 결국 물소리나 더 들으려고 그런 건 아닐 테고.

가까운 숲이 인간을 고립시키는 이유? 다가서면 나무들은 죄다 잎사귀를 촉촉 세워 다가올 이상한 계절의 꽃말을 씨 뿌리고 있으니까. 인간은 인간을 고립시키지. 가까워도 멀어도 두 갈래 바큇자국이 길게 파인 길 위에 풀이 돋고 풀 위에 돌이 쌓이고 먼지 위에 먼지가 앉고 단단하게 뭉쳐 굳으면
한 방울 비에도 금세 서로 무거워지고 말 거 아닌가.

밤이면 그녀와 나는 서로의 몸을 뒤져 가장 흐린 부분을 매만지고
그건 어쩌면 물소리에서 시작된 이 동네의 내력을 한껏 마시려는 몸짓.
아침이면 골목 끝에 골목이 더해지고 그 끝에는 온통 파헤쳐진 길음2재정비촉진구역, 놀라워라 밤새 서로가 서로를 헤집었더니 저 골목 끝에 도시가 사라지고 밑바닥

까지 온통 시뻘건 황토였다니.

언젠가 북한산 모과나무 산등성이에서 집채만 하니 굴러떨어지는 구름 덩어리를 받으며 한 여자에게 고백을 하기는 했지. 그러니까
길음으로 귓바퀴를 덥히고
송천으로 목을 축이며

'내 사랑 쓸모없는 쓸모없는 당신과 여기에 묻히겠소' 라거나
'쓸모없는 쓸모없는 내 사랑 여기에 당신과 나 묻히자' 라거나
쓸 때마다 길음 송천 시절의 나는 과연 시인인지 밀고자인지
한 마디 한 마디 다시 쓸 때마다
재개발지구로 가서 재개발되는 광경을 두 눈에 담아 오곤 하는데
재개발지구에서 피어나는 재개발 장미 한 송이를 그녀

머리말에 꽂아두곤 하는데

지난봄엔 '송천동'이라고 시를 썼는데 잠시 시에 등장한 욕쟁이 앞집 노인이 그예 죽었더군. 그녀 머리말에서 시든 장미와 시가 실린 잡지를 들고 길음2재정비촉진구역으로 가서 노인의 부음訃音을 함께 묻어두고 돌아왔지.
누군가
악무한의 명명법으로 저 물소리 납작집 둔덕을 한 삽에 퍼갔나?
현대백화점, 롯데백화점, 이마트 사이에 황토 둔덕 하나. 누군가
아스팔트를 걷어내고 저 바다 밑바닥 백상아리 울음소리라도 들으려는 요량인가?

어쩌면 인간은 지구라는 표면에 내내 살고 싶었기에 별의 궤도를 측량하고 이름을 다시 지은 것은 아닐까? 그러니까 그 표면, 껍데기, 겉, 얼굴, 표정 속에서
다른 곳에서 살고 다른 곳에서 죽는다면

다른 누군가는 고통을 받고 다른 문장으로 다른 이름을 가질 테니

이 고단한 재개발지구에서 피어난 한 송이 식은 꽃처럼

그녀와 내가 마저 불러주어야 할 이름들은 또 얼마나 남았을까?

그래 어디 한번

파고 파고 또 파내어 바다 밑바닥까지 내려가보자.

비록 그녀와 내가 헤엄을 쳐서 메마른 길음 송천을 건너는 법을 영영 모른다 해도

그녀와 나는 물살에 몸을 맡기고 어딘가로 떠내려가겠지

이름에 다시 이름을 쓰며, 이름에 다시 이름을 부르며

길음 송천 흘러가겠지.

시인의 아내

그날 나는 더러운 오래된 마을에서 더러운 오래된 시간을 끌고 온 마부처럼 행진했다. 피로연이 끝나고도 웨딩홀 유리문은 황홀하게 빛났다. 여의도가 한눈에 바라다보이는 호텔 욕조에 누워 머릿속으로는 국회의사당 지붕을 지대공 미사일처럼 팡 팡 터트리며 두 몸의 삶과 돈벌이를 생각했다 포트럭 파티의 마지막 단지 속에 남은 포춘쿠키처럼 대문이 하나뿐인 신혼집에서, 넝마주이 같은 선후배 시인들의 갸륵한 축복으로 시작하기도 전에 이미 다한 것은 내 불운일까? 네 행운일까?

*

그 모든 행복으로 전도양양한 마당에 석류와 사과를 심고 나란히 앉아서 북두성을 보아야지, 사과나무 그늘에 앉아 단풍 기차를 타야지, 아내의 눈 속으로 유성우가 쏟아지는 밤에는 식탁의 흰 줄무늬를 세며 밥을 먹지 않아도 저절로 차려지는 아침, 아내와 나는 이생이 시작되기 전에 이미 서로의 발병이었고 발명이어서, 용기를 가지고,

아침이면 비굴한 낯빛을 하고 선배의 사무실 근처를 서성이다가 직업을 구걸하고 돌아와 앉는 '시인의 작업실'

*

책장에 꽂힌 제일 두꺼운 책을 '객관적 관념론'으로 갈무리하는 위로의 사기. 알량한 살림의 벽에 金洙英처럼 '읽기 4시간, 쓰기 4시간, 밥벌이 4시간' 써 붙이고 애써 불안을 벌목할까? '나이가 많아……' 문자메시지 액정을 바닥에 두고 죽을힘으로 팔굽혀펴기 37개를 하다 보면 저도 모르게 빛이 쏟아지는 거실, 맑디맑은 유리문 쪽으로 낮은 포복을 하고 있는 것을. 1977년 12월 1일 이후에 아내가 원하는 것은 내 모든 것이어서 내가 태어났고. 2013년 8월 24일 이후에 아내가 필요로 하지 않는 것은 내가 원하지 않는 것이어서 아내와 나는 결혼했다.

*

〉

아내의 출근길에는 한사코 해가 뜨는 반대편 햇빛 쪽으로 나를 던지고 아내는 바람에 붙들려 가는 것만 같아, 이미 만년 후 같은 결혼식 날 드레스는 아마도 어둡고도 깨끗했을까? 조금 더 사회적인 시를 써보아야지, 조금 더 직방이 되어야지, 망상과 비유와 아포리아와 무의미를 버리고 돌올한 생각을 날것처럼 철철 흘리는 시를 써야지. 대문이 하나뿐인 우리 집에는 이렇게나 많은 '아내와 나'라는 주어들이 보글보글 끓어오르는데,

*

박사 논문에는 왜 '나'라는 주어를 쓸 수가 없는 걸까? 말벌떼 같은 각주들이 소란을 몰고 오는 트랙타투스, 테시스, 테제의 행간, 논리와 변별력을 버린 크다란 결론 앞에 서서, 나라는 자그마한 주어들은 책장을 박차고 거리로 거리로만 뛰쳐나가는 것일까? 나 나 나 나 또는 차라리 朕 朕 朕 朕 그것도 아니라면 我等 我等 我等 아등바등, 아내와 나는 서로의 기초 연금이 되어 수급권을 영원으로 유

예하는 데 익숙해지겠지, 적당한 무관심으로 서로의 고통을 어루만지면서

*

본고는 불안이라는 '졸고拙稿'를 시간 강의를 하는 남자가 앞꿈치, 뒤꿈치, 앞꿈치, 뒤꿈치 결혼식장을 행진해가는 리듬을 재구하는 데 집필 목적을 두는 작품으로…… 누가 되었든 이렇게 쉽게 쓸 수 있는 것을. 강의실에서 출석을 부를 때마다 목 아래로 스미는 냉기를 느끼는 때문인지 넥타이를 느슨하게 풀어놓고 팔목 단추를 끄르는 버릇이다. 이렇게 또 이렇게 꾹꾹 눌러 쓰면서 내 차가운 피가 채워야 할 곳은 작은 진공의 섬들, 분필 가루 속에서도 무한히 펼쳐져 바다가 된다는 그 알 수 없는 무게

*

카프카는 "저는 과묵하고, 비사교적이며, 짜증을 잘 내

고, 이기적이며, 우울증이 있고, 정말 병약합니다. …… 건강한 처녀로서 진정한 결혼의 행복이 예정되어 있는 심성을 지닌 당신의 따님이 그런 인간 옆에서 살아야 할까요?" 썼지만, 나는 오늘 종잡을 수 없는 과거와 미래의 페이스로 이 시를 마무리하련다. 언젠가 내 따귀를 때린 친구의 뜨거운 손바닥에다 대고 맹세한다. 그 치욕의 무게로 나는 기꺼이 졸고가 되어 이 모든 행간을 건널밖에.

*

사랑하는 쭉쩡아 여기서부터 네가 기다리는 우리 집까지는 냉동 해변이다.

우리는 물고기처럼 수영을 해야겠지, 태양을 녹일 때까지.

미래는 저 붉은 하늘 아래 자고 우리 집은 타오르는 우라늄이니까.

생후

새벽, 소아청소년과 병동 217호
지쳐 쓰러진 아내의 젖무덤을 가제 손수건으로 덮고 쓰는
행간, 병실에는 잿빛 안개가 뿌옇게 차오르고
아이는 날이 밝도록 목구멍을 조인다
밤새 척수에 뚫린 바늘구멍을 좁히는 여린 등살처럼
아이는 팔목에 링거를 꼽고 파르르 떤다
악마가 속삭이는 음성 속에도 새들의 노랫소리가 있다면
바이러스는 아이의 뇌척수액과 끝까지 싸울 테고
절대로 지지 않겠지
금세 지나갈 병입니다
의사는 아이를 달래며 말한다
아프다고 말하기 전에 신음을 내지르는 법을 배우라고
목구멍을 열고 혀를 입천장에 붙이고 앙
하고 울음을 내지르라고 그러니 아가
말하지 말고 울어라
아픔은 이후의 일이다
가만히 앉아서 춤을 추는 법을 배워라
신음은 참상을 재현하지 않고 고통은

뇌척수막에 스민 바이러스를 재현하지
않는다, 시작하기도 전에 끝을 쓰고야 마는
위로, 또는 끝없이 지연되는
이후以後의 더부살이
위악, 이 간명한 처방

청진기 관다발 속에서
거꾸로 뒤집힌 하늘 어딘가
숨어 있기 좋은 곳을 비추고
알코올 솜이 떠가는 병실 천장 아래 수술복을 입은
사람들이 공기에 비말飛沫을 섞을 때 죽기를 각오한
사람들이 바늘이 들어갈 팔목을 거즈로 닦을 때
소독제를 바르는 손가락 아래 말갛게 틔는 살갗
살갗 아래 새로 만들어지는 뼈다귀, 한 짝씩
한 짝씩 울음과 짝을 짓는
주삿바늘, 병실에는 피로 만든 목걸이가 있고
서둘러 메워야 할 구멍들이 처방전이라는 이름으로
생후生後를 쓰고 있다

아이는 회복 중입니다
피가 맑네요

멀리서 날아온 햇빛은
이마 위에 파닥이며 환후를 짚어주는데
병실을 가득 채우며 사방으로 퍼져나가는
빛 무더기, 속에 저미는
병의 감촉, 차고 서늘하니
시퍼렇게 날을 벼린 물방울들
어딘가 낯설지 않은 예후豫後들
이 아이는 나의 딸이니 나는
이 아이가 앓는 환후를 뒤쫓으며 삶을 꾸려가겠지
가벼운 발걸음으로 서로의 울음에 문체를 더하며 늙어 갈까?
아이도 엄마도 아빠도 병도 삶도 모두 초짜다
아프다 말하는 법을 배우기 전에
신음을 삼키는 법을 먼저 가르치는 처방전 속에서
아이의 때 묻지 않은 옹알이는 더없이 길다

길고 길어서 뿌옇고 또 뿌옇다
아가, 내일은 집으로 돌아가자꾸나
삶을 다한 다음인지 시작을 다한 다음인지 모를
아득한 생후의 리듬으로
해가 뜬다.

연해주 1937

—증조부(申石休, 1894~1987) 영전에

새로운 밤을 보기 위해 뜬눈으로 밤을 지새우듯 저들의 영혼을 위해 마지막 술은 잔 바닥을 덮어두시게 찰박찰박, 툰드라의 끝으로 추방된 노예들과 세포 속에 간직한 미토콘드리아의 노동을 눈이 무언지 모르는 침묵과 여름날씨를 음악으로 대신해버린 정과 망치가 갱도에 모여들어 몬순의 흙비를 맞고 있네

검고 두툼한 이끼를 덮고 잠든 아가들 곁에서 누런 암소의 뜨거운 젖을 타고 흐르는 검은 우유처럼 시간이 가네 우리 지난 봄내 목숨으로 기르던 하얀 풀이 군화에 짓밟히지 않도록 지켜주소서 자 즈다로비야, 마지막 술이 잔 바닥을 덮고 출렁이듯 블라디보스토크 지나 청진 지나 부산 지나고 더 더 남쪽

하루 20시간 오로라가 흩날리고 유자나무 그늘에서 죽은 자들이 따뜻한 노동요를 부르는 곳 조선 하고도 남양, 대나무 뿌리를 깎아 만든 피리를 불면 영원히 얼지 않는 저주받은 바다가 얼어붙을 테고 빙하기의 매머드를 타고

나는 걸어서 그곳까지 갈 걸세

버드나무 아래서 손을 잡고 아내의 이마에 입맞춤하고 맹세하겠네 사랑하오 내가 돌아오거든 가정을 꾸립시다 우리의 아이들이 ㄱ ㄴ ㄷ ㄹ ㅁ ㅂ ㅅ 자라는 들 위에 강이 흐르고 강물에 다시 버드나무 잎새가 낭창낭창 드리울 때 이파리 끝에 매달린 물방울은 나뭇잎이 간신히 밀어낸 아가 같았소

검은 밤 가운데 노란 빛줄기 탐조등은 서서히 저탄 더미를 넘어가 얼어 죽은 곰을 비추고 불빛이 느리게 돌아가는 철책 위로 제비꽃이 피는가 혁명을 지나온 가난한 러시아의 시인은 저들의 땅에서는 벚꽃 동산을 쓰고 흑룡강 지나 사할린에 와서는 자유 망명 지대의 르포를 썼다네

'아이누는 인간이라는 뜻이고 이따이는 아프다는 뜻이고 매머드는 크다는 뜻이다. 저들은 태양, 숲, 계곡, 언덕을 내지르는 물줄기를 사랑하고, 빗줄기를 불태워 예측할 수

없는 충동의 계절을 바다 한복판에 불러 세운다. 폭풍 속에 비는 내리고 저 바깥은 영원히 얼어붙지 않는 축복받은 항구.'

건배, 크고 아픈 나의 인간 친구여 내 고향은 조선 하고도 남양 내 영혼은 긴 그림자를 끌고 저 얼어붙지 않는 바다를 건너네 얼어붙은 내 피는 이제는 거의 연보랏빛 핏속에 움직이는 세포는 작은 뗏목이라네 건배, 아리랑은 아리랑이라는 뜻이고 안녕은 안녕이라는 뜻이고 노래는 노동에 좋고 술은 잠에 좋다네

나는 게으른 십장이 되어 채찍을 견디며 탄광에 들락거리다 연해의 항구에 호박돌을 박아 넣다가 핏속에 숨겨둔 뗏목을 꺼내겠네 먼 훗날 나의 아들의 아들의 아들은 살아 돌아온 나의 곰방대에 머리통이 깨져가며 ㄱ ㄴ ㄷ ㄹ ㅁ ㅂ ㅅ 배워 시인이 될 테고 어느 가을 속초에서 블라디보스토크로 떠나는 배를 타고 이곳에 오겠네

〉

시인은 얼어붙지 않는 질척질척한 바다를 걷다가 추위 속에 따뜻한 국물 따뜻한 술하고 키릴어를 중얼거리겠지 건배, 마지막 술잔을 비우세 그날을 위해 나는 갱목 위에 쓰겠네 자 즈다로비야는 건강을 위하여라는 뜻이다 아리랑 자 즈다로비야

나의 아름다운 동상들

앞에는 가시와 불길이 치솟는 바다가 끝없이 펼치고
뒤에는 태어나 한 번도 본 적 없는 폭풍우가 뒤쫓고 있습니다

술래잡기 장난에 빠진, 나의 아름다운 동상들
이제 우산을 펼쳐 서로를 가려야 할까요?
물인지 불인지 모를 빗방울을 받아 마셔야 할까요?

빗줄기로 너덜너덜한 햇빛 아래 두 팔을 벌리고 더듬더듬
술래라는 이름의, 같은 병명으로 점을 치며
서로 속이다가 어느새 얼음 기둥이 되는 일

스치듯 벽을 만지고 깨금발로 달아나는, 나의 아름다운 동상들
나이를 한 살씩 한 살씩 따먹으면 두 발로 걸을 수 있다지만
어쩌자고 모두 술래가 되려고 작정을 했는지

〉

눈먼 팔로 빛살을 한 뼘씩 뜨개질하지만
달팽이는 더듬이를 잘도 숨기고 방아깨비는 피 한 방울 흘리지 않고 잘만 튀어 오릅니다

촉진觸診이냐 문진問診이냐 그것이 문제는 아닙니다
나의 아름다운 동상들, 별들이 느릿느릿 자전을 끝마치고 죽어가는
새벽빛 속에서 나이면서 내가 아는 모든 당신들을 불러 모읍니다

저 캄캄한 긴 긴 해안에는 침몰한 배 한 척이 있고
뼈다귀만 남은 갑판 위에는 알 수 없는 가수와 노래가 살고 있다고 칩시다
술래는 여전히 당신이 사는 별을 향해 운석을 날리고 있겠지요

마치 집으로 돌아가기 위해 흩뿌려놓은 빵가루처럼
느릿느릿 자전을 끝마치고 죽어가는 새벽빛 속에서 이

제는 아침을 차릴 시간

술래가 되는 일은 잠시 잊고 집으로 돌아가 식탁에 놓인 꽃병에 바람을 꽂아두고

얼어붙은 차디찬 공기로 밥그릇 국그릇을 마저 닦아야겠지요

거울을 향해 환대를 베푸십시오

눈먼 팔로 빛살을 한 뼘씩 뜨개질하며 술래의 따뜻한 스웨터를 마련하세요

더는 잃을 것도 찾을 것도 없어요, 나의 아름다운 동상들

모두가 술래인 나라에 술래잡기는 없기 때문이지요

아무도 죽지 않는 나라에서는 염장이마저 굶어 죽고

당신의 살인자마저 살해당하는 나라에서는 누가 노래를 끝마쳐야 하나요?

나의 아름다운 동상들, 우리의 영혼은 짐승의 냄새를 경작하고 있습니다

〉

파도가 끝나는 곳에 구름이 구름이 끝나는 곳에 바람이 일듯

소금 호수를 걸어간 파리한 사나이

제 피의 농도를 가늠하며 피눈물을 한 방울씩 떨구네요

묽게 더 묽게…… 스미라고 숨으라고…… 꼭꼭 숨어 영영 이 나라를 떠나라고

얼음물고기

물고기는 제 몸뚱이가 물의 핏줄이라도 되는 듯 아가미를 온통 열어두고

흐르고 녹고 가두고 갇히다간 또다시 얼어붙을 입술과 눈알에 숨긴 열 겹

스무 겹 숨결들 붉다, 차고 날카로운 물의 살점들 바깥으로 바깥으로

핏줄을 한 뼘 한 뼘 틔워내는 공기 방울 옆선을 따라 돋아나는

얼음 알갱이 사이에 새로 부푸는 부레 한 점 가슴지느러미 한 쌍

이것은 물이고 저것은 몸이고 이것은 몸이고 저것은 얼음일 테니

〉

물고기는 제 몸뚱이가 온통 물의 핏줄이라도 되는 듯 아가미를 열어두고

*

빛살 빛살 빛살 빛살 빛살 빛살 빛살
빛살 빛살 빛살 빛살 빛살 빛살 빛살
빛살 빛살 빛살 빛살 빛살 빛살 빛살
빛살 빛살 빛살 빛살 빛살 빛살 빛살
빛살 빛살 빛살 빛살 빛살 빛살 빛살
빛살 빛살 빛살 빛살 빛살 빛살 빛살
빛살 빛살 빛살 빛살 빛살 빛살 빛살
빛살 빛살 빛살 빛살 빛살 빛살 빛살

이 고단한 세계를 유영하는 아득한 지느러미처럼

이파리 하나 없이 물살을 헤집는 한 송이 수초처럼

〉

얼어붙은 물고기 또는

우리가 우리의 헛된 믿음으로부터 우리의 몸뚱이를 회복하는 데 소요되는

결정結晶의 시간

어디선가 돌들이 새로 태어나는 소리

와글와글 아가미와 아가미가 맞닿는 소리

이 고단한 세계를 유영하는 아득한 지느러미처럼

얼음물고기, 속에 갇힌 기포 속에 트이는 한 점

빛살

*

〉

물고기 또는 물고기라는 투명한 이름들

물고기 또는 물고기의 몫으로 마저 불러주어야 할 믿음들

파들대는 등지느러미를 새처럼 날갯짓하면서도 앞을 내다보아야만 한다는 건

한 줌 허락된 기포 속에서 남은 숨을 들이켜는 일

얼고 춥고 머나먼 물길 속에서

지쳐 오들오들 떨던 아가미를 감싸던 작은 비늘들은 어디까지 떠내려갔나?

더 얼마나 난폭한 꿈에 시달리다 쌔근쌔근 숨이 잦아들까?

비늘 하나 떨치지 않고 물길을 거슬러 헤엄쳐 마침내

물길이 되어 얼어붙는 순간

저 바다 밑바닥 물속에도 햇빛은 들고 얼음은 얼겠지

적송의 나라

어느새 나는 몸은 생략되고 정신만 남은 몸뚱이 되어 남양으로 갔다 팔영산 능가사 고사리 아래 나는 식생을 가늠하다 도사렸다 여기는 고흥 하고도 남양 하고도 와야

개옻나무 찔레 싸리나무 사방나무 넝쿨딸기 쇠비름 아래 매달려 보는 저 허허공중이랄지 소록도 문둥이랄지 나동그라지고 나서야 비로소 매만지는 짱뚱이 멍게 문절이 개펄이랄지

쓰러지며 겪는 비로소 널배와 비로소 달구지의 헤뜸이랄지 이 땅의 무수한 고꾸라짐으로 어느새 나는 몸은 생략되고 정신만 남은 몸뚱이 되어 고흥 하고도 남양 하고도 와야에 왔다

넋 놓고 몸 비트는 식생이여
나를 곰곰 나를 꼿꼿 굵디굵은
패착의 매듭으로 이끄는, 저 붉은

사냥철

인간은 너무 오래 늙어서 삶이 싫증났다
사냥철이면 잿빛 눈 속에 서본다
한 손에는 죽어 축 늘어진 짐승 다리 짝을 움켜쥐고
다른 한 손에는 빈 올무를 감아쥐고
눈에 젖어 무거운 가죽 장화를 끌고 인간의 마을 쪽으
로 한 걸음

한 걸음 어둠은 이파리에서 덤불로
숲 바깥으로 마을 담벼락을 넘어 지붕으로
번져가고 나무는 짐승의 표정을 고립시킨다
날갯죽지까지 하얗게 타들어가며 솟구치는
총성 속에서 새떼가 흩어진다
녹아내리는 눈꽃을 부리에 물고

우듬지에서 이파리로
이파리에서 총구로 옷깃으로 발등으로 기어 내려와
멈춰 선 발자국을 다시 걷는 거미 한 마리
꽁지 끝에 반짝이는 겨울빛을 끌고

눈발에 눈발을 엮어 눈부신 실을 자아내는
눈보라 끝없이 웃자라는 눈기둥 속에서
길과 숲이 뒤엉킨다

오늘은 아무도 해치지 않았고
어제는 사랑받는 꿈을 꾸었지 사냥철
인간은 꿈꾼다 고로 인간은 변할 것이다
죽어 사지가 빳빳하게 굳어가면서도 꾸역꾸역
가죽을 부풀리는 짐승의 배때기
배때기가 파랗게 파랗게 달아오르듯 그렇게
죽음까지도 먹어치우며 잠드는 가련한 몸뚱이
한사코 붉은 살점들

혀를 빼물고 볼때기를 축 늘어뜨린 채
쏟아지고 스미고 내리꽂히는 눈보라 밖으로
바깥으로, 터져 나오는 것들은 저마다 맥박을 가지지
들어봐, 마을 지붕 위에 눈발이 달리는 소릴
나무는 가깝고 숲은 멀어 더욱 빽빽한 어둠 속으로

북극성 아래로 마을을 지나 수풀을 날아 오솔길 절벽으로
봉인되는 거대한 원환 속으로
사냥철, 인간은 모두 한데 고동친다

마치 늪 속에 잠겨 팔딱대는 심장처럼
얼어붙은 피에 젖어 곱은 손등에서 솜털이 일어선다
이파리의 시절 나무는 삶을 지나치게 먹어치워서 푸르게 질렸지
사냥철, 떨켜를 키워 사지를 모조리 잘라내고 일어서려는 듯
먼 데 우듬지부터 제 빛깔을 되찾는 이파리들
것 봐, 향기와 악취가 동시에 스며드는 구멍과
구멍이 사람과 짐승을 잇고 있어

향기와 악취에 번갈아 취해가며
밤새 코를 킁킁거리는 일 역시 사냥철의 삶
햇살이 걷혀야 비로소 뚜렷한 숲과 나무의 결계 속으로
저마다 어깨 위에 사양斜陽을 휘감고 서둘러 숲을 빠져

나올 때

등 뒤로는 버리고 온 수풀과 계곡
향기가 짙은 식물일수록 빨리 시들어
시든 이파리 위로 청산가리처럼 짙어가는 서릿발

이제는 폐색된 총구 속으로 걸어 들어가 달빛에
녹슨 방아쇠를 닦을 시간
마지막 표적을 잃어버려서
거울로 빚은 것만 같은 산등성이에 되비치는
마을을 따라 언젠가 마저 날고 말겠다는 듯
눈발이 일고 눈보라 치는 지붕 아래 벽이 서고
짐승 눈깔 같은 창틈으로 빛이 흘러나올 때

사냥철, 인간은
소실점을 향해 한 걸음 한 걸음 내딛는다
사냥철, 인간은 꿈꾼다 고로 인간은 변할 것이다
비록 오늘은 아무도 해치지 않은 표정으로 잠든다 해도
어제는 아무도 해치지 않은 몸뚱이로 사랑받는 꿈을 꾸

었지

오늘은 아무도 해치지 않아서 어제는 사랑받는 꿈에서 깨어난다 해도

인간은 꿈꾼다 고로

인간은 변한다.

2부

凶으로 지을 수 있는 모든 것
—비트 1

여자아이들의 숨바꼭질 놀이/털이 무성한 목덜미를 가진 사냥감을 쫓는 강아지/엄마가 손 갈퀴로 파낸 들판을 말없이 질주하던 물소떼/야전 침상 아래서 아빠의 작전 수첩을 물고 달아나는 고양이/언덕 너머 바다에서 나온 말없는 물고기/어딘가로 끝없이 뻗은 오솔길이 숨긴 깊고 아득한 참호들/숲에서 깃을 치며 나오는 발 없는 새떼……

한때 우리는 같은 상처의 다른 흉터를 응시했다.
출구가 없는 터널 속으로 들어가 그대로 주저앉고는
빠져나올 길을 영영 잃어버려서
거기다 집을 짓고 산다, 파국이라는 비밀 아지트 속에서
접선할 방법을 영영 잊어버려서

흉터는 신비한 담장이 되어 비트를 구획했다.
우리는 꼭꼭 숨어서 침묵으로 저항했다.
지속 가능한 혁명은 없다.
사랑과 암시의 역사가 쓰이는 방식,
모든 것들은 가능할 때까지만 지속된다.

지속하는 매 순간 불가능으로 한 발짝씩 다가선다는 것을.

밤낮없이 비트 속에 갇혀서 비로소 하나가 되었지만
어딘가에선 불을 지피고 어딘가에선 얼음이 언다.
사주경계하던 눈길을 훑어 그을음을 닦아내고
유리창 너머를 볼 때의 아릿한 표정들

언젠가 우리는 같은 상처의 다른 흉터를 응시했다. 이제 더 이상
아무도 모르는 곳에서 새로 생긴 피딱지에 십자가 표식을 남기고는
다른 상처에 같은 처방을 쓴다,
언제나 네 상처가 내 것보다 깊어 아렸다는 걸 가르쳐 주려고.

저격수

—비트2

저격수는 망가진 병든 그림자를 일으켜 세운다. 난 네 몸을 모두 외웠어. 저격수는 타깃의 머리터럭을 잘라 불 붙이고는 불꽃을 눈앞에까지 가져가 담배를 태워 문다. 내가 네 고통을 가질게. 저격수는 피아니스트처럼 고개를 젖히고 타깃의 볼에 군화를 문질러 닦는다.

나에게 말해봐. 도대체 무슨 일이 일어난 거야?
무언가 불타고 있어. 비트까지는 얼마나 될까?
탄피는 불탄 숲에서 자라난 바늘꽃이야.

저격수는 작전을 끝마친 외인부대가 행군하는 소리를 듣는다. 북풍 속에 깃발이 펄럭이는 소리를 듣는다. 딱딱 후루룩 후두둑 쪼고 마시고 번져가는 불길의 소리를 듣는다. 군화는 진흙 속에 감추어진 쇳조각을 짓이긴다. 저격수는 타깃의 표정을 지도로 덮고 탈출 루트 위에 적는다.

설득하라 속여라 가로채라
파묻어라 불태워라

지금껏 그래왔던 것처럼

겨울이 오고, 태양은 빛나고, 구름은 한쪽 얼굴로 기울고, 기우는 틈새로 얼음은 깨지는데, 녹아내리는 얼음물에 누군가 피 묻은 넝마를 빤다. 저격수는 탄창을 씻는다. 구멍이 숭숭 뚫린 그림자, 쏟아지는 내장 가득 어둠을 짚단처럼 채워 넣는 노을의 염습.

허물어져가는 무덤을 파낸 비트 위로 작전지도가 쌓인다. 나라는 나쁜 믿음은 탄도 아래 납작 엎딘다. 저격은 표적을 상대로 한 관대함, 연습은 시작되었다. 여왕벌을 찾아 빙빙 돌며 날아오르는 수벌처럼 한 뿌리에서 자라나는 총성과 연기의 혼인비행, 탄도의 행간에는 결말에 대한 상상력이 부족하다.

종생기

—비트3

나는 작전에서 소외되어 버림받고 우중충한 북벽에 숨었다. 나는 폭격으로 무너진 담장 위에 놓인 꽃병을 보며 벽을 긁는다. 벽에 앉은 그을음을 손톱으로 긁어가며 마지막 편지를 쓴다. 코털에 휘감기는 매캐한 화약 냄새 속에서 묘비명이 적힌다. 나는 지금의 당신이었고 당신은 지금의 내가 될 것입니다 성모여, 고상함과 수치와 극기와 짐승은 모조리 악마에게 돌리시고 제게는 아내를 주소서. 지평선까지 무한한 폐허가 펼치는 지도가 사방을 에워싼다. 검은 옷을 입은 노파는 딱딱한 빵 바구니를 안고 잠들었다. 잠든 귓구멍에서 빵 조각을 빼물고 까마귀떼가 날아오른다. 소개된 거리 끝에서 고양이떼가 잘린 손가락을 물고 흩어진다. 두 동강이 난 아치형 목조 다리 아래에서 뗏목은 매듭을 풀고 토막토막 분해된다. 강물 위로 누렇게 바랜 백기가 죽은 태아를 안고 떠내려간다.

이것은 데자뷔다. 오늘은 이렇게 끝날지도 모른다. 거대한 웅덩이가 푹푹 파인 전선의 북쪽 목축지에서 낙오와 항복은 나의 작은 비밀이 될 테지. 나는 버림받고 너절한 작전지도 속에 숨는다. 다리 너머로 얕은 습지가 펼쳐진다. 억새가 비로드처럼 반짝인다. 그 끝에 얕은 산악 지대가 가로막는다. 조각난 무릎뼈를 맞추는 소리가 아득하게 울린다. 나는 낙오했고 오른쪽 다리를 잃었다. 폐허가 된 목축지 뿌연 잿빛 속에, 건초 더미가 날아올라 목책에 널린다. 고막이 터져서 침묵 속에 날뛰는 말과 염소들이 무사히 가을의 정적 속으로 돌아올 수 있도록, 고요한 채벌장 위로 별이 차오른다. 나는 낙오했고 나는 내 슬픔을 구속한다. 성모여 대지를 눈으로 덮어주시고 제게는 아내를 주소서.

나는 아버지의 이불에서 태어났고, 아버지는 어머니의 배에서 태어났다. 어머니의 배를 가득 채운 하얀 쌀벌레들, 쏟아져 나오는 벌레들의 틈바구니에서 그해 첫눈은 다른 해에 비해 일렀다. 그해 첫눈 속에 붉은 새가 날아오르더니 아버지의 북벽에 앉았다. 새는 날아올라 아버지의 정원을 붉게 물들이겠지. 나는 북벽에 남아 그을음을 긁어내 눈물로 강을 만들고, 강물에 백기를 눈처럼 흘려보내며 증오를 보태겠지. 정원수 아래로 아이들의 다리뼈를 조각조각 흘려보내며 끝까지 이곳에 남아서 나는 볼 테다. 초롱불과 화덕이 거적에 싸인 무릎을 덥힐 때, 비문飛蚊처럼 춤추는 열기의 선들, 나는 어머니를 아버지의 이불 위에 누이고 그 곁에 씨를 뿌릴 것이다. 눈뜨는 새싹에 대고 성호를 그을 것이다.

목초지의 끝으로 서리와 눈으로 뒤덮인 나무들이 행군한다. 목책을 따라 한 차례 폭격이 지나간다. 강가에 버짐처럼 불꽃이 번진다. 무한의 정적 속에서 캐터필러가 전진하는 것 같다. 작전지도에 낙오와 항복은 그릇된 일이라고 적혔다. 그릇된 일이 아니라 너무나 강렬하기에 금지한 것이다. 내게는 다른 방법이 없다. 내가 낙오한 것은 애초에 잘못된 일이 아니다. 나는 이곳에 수천 번은 왔다. 이것은 데자뷔다. 모든 것은 반복된다.

사랑

—비트4

당신은 작전지도의 북쪽 고사리 숲에서 잘린 손가락을 주머니에 담는다. 잘린 손가락에 검은 담즙을 찍어 편지를 쓴다. 나는 작전지도의 남쪽 목책 아래서 손가락에 묶인 당신의 편지를 줍는다. 지금은 다만 남루한 존엄으로 서로를 위장한 게릴라전의 나날, 나는 지금의 당신이었고 당신은 지금의 내가 될 것입니다. 병적인 목마름이 당신의 피를 검게 하오.

당신은 이름 모를 나라의 알 수 없는 전쟁에 사로잡힌 포로였다. 오직 당신만이 내가 겨눈 나만의 적이었고 오직 나만이 당신이 겨눈 당신만의 적이었다. 우리는 서로 싸우기 위해 잡힌 걸까? 서로 잡히기 위해 싸운 걸까? 협약은 늘 당신이 모르는 나라에서 체결되고, 입체적인 폭우가 쏟아지는 참호 속에서 우리는 서로의 몸뚱이를 쌓고 허물었다.

쌓고 허물고 쌓고 허물었지. 한때 우리는 토네이도를 가로질러 날아가는 침대보에 싸여 서로의 이름을 불렀지.

지금 나무 침상은 머나먼 목책 아래서 썩어가고 창유리에 날아와 부닥치며 노래하던 새떼는 백기가 되어 마른하늘에 점점이 펄럭인다. 이제는 속이 빈 몸뚱이에 시멘트를 채우고 굳어가며 우리 서로의 어깨에 목덜미를 묻고 잠드는 긴 긴 참호 속의 나날.

다 닳은 풀빛 죄수복 바지에 웃통은 벗어젖힌 채 헝겊에 고무 밑창을 덧댄 넝마를 발목에 끼우고, 당신은 말했지. 이것 봐 신발을 잘 간수해 걷지 못하는 자는 낙오하고 말아. 이 미로를 빠져나간다면 우리의 발뒤꿈치는 달의 뒤편에 멋진 발자국을 새겨 넣겠지. 우리 서로에게 게으른 형리가 되자꾸나. 모쪼록 우리 서로 남은 죽음까지 모조리 죽이자꾸나.

나는 알 수 없는 나라의 이름 모를 전쟁에 사로잡힌 포로였다. 허리 뒤로는 묶인 손바닥이 타오르고 오장육부는 썩어 납빛으로 변해가는 몸에 질기디질긴 핏줄의 힘으로 말라가는 살가죽 위에 더딘 진실과 애타는 절규를 돋을새

김한다. 당신은 내 척추를 빨고 나는 당신의 피를 마셔라. 오직 당신만이 내가 겨눈 나만의 적이었고 오직 나만이 당신이 겨눈 당신만의 적이었으니.

끝없이 웃자라는 떡잎들
—비트 5

벌레를 지탱하는 강모와 주름
변태 없는 세상을 꿈꾸는 날개와 무한의 공기주머니

저건 먹을 건가 못 먹을 건가?
바람은 영원히 전개하기에 충분한 마당인가?

날아라, 스스로 빛을 잃어가며
태양을 향해 녹색 침을 뱉고 축축한 알을 게워내며

탄두는 풀잎을 가른다.
지면을 스치는 몸으로
허공에 아치를 수놓는 감각으로
벌레들의 섬모를 더듬는다.

뇌는 생각하고
심장은 느끼고
몸뚱이는 고요히 살찔 일

〉

절벽에 선 암소는
푸른 초원을 가지지 않아
이슬은
저마다 우주를 걸머진 풀잎을
팽팽하게 날 세우고

그 기우뚱한 균형 감각으로,
우리에게는 저마다 정의가 있고
우리는 그곳을 향해 활공한다.

아무것도 가지고 가선 안 돼
그렇다면 온몸으로 기어가겠어 고통 밖으로

밤이면 식은 화롯가에 앉아 젖은 옷을 말린다.
재 향내가 밴 피가 묻은 옷을 끌어안고

이건 우리의 빵이고 포도주야
우리는 부활한다.

보급품에 부치는 편지
—비트6

영점 정렬된 조준선 위에서 백야의 새들은 일하지 않습니다
머나먼 정글로 수하물들이 풍선에 매달려 떨어집니다

점 점 점점

타깃이 된다는 것, 가늠쇠 위에 올라서고 내려서며 춤추는 일
같은 체위 같은 악취 속에서 의지 없이 부푸는 슬픈 빵과 효모

흩날리는 눈썹
풀 죽은 더듬이

가속도로 주어지는 번식보다 분명한 오해는 없어요
예측할 수 없는 충동의 결론 속에서 악착같이 나아갑니다

〉

탄도 위에서 직렬로 증식하는 바람은 인간의 다른 이름입니다
국가, 내게 강 같은 평화가 넘칩니다

새로운 대낮을 보기 위해서 뜬눈으로 밤을 지새웁니다
자외선 망원경 속에서 붉게 충혈된 태양이 떠오릅니다

꿈꾸는 푸주한이여
이 고깃덩이를 해방하소서.

끝없이 부푸는 빵
—비트7

우리는 우리만의 공산제를 가졌다.
이렇게 뾰족한 머리는 필요 없다.

각자의 편에서 날아다니다가 맞은편을 찾아서
운명의 선분을 맞추며 헤매다가 일직선으로 들이받는 법

파국은 터널 같아서 나눌 수가 없다.

속력, 총부리 속에서 꼬무락거리는 무척추동물들
어쩌다 이런 몸으로 진화했는가 날아가면서도 더듬는다.

총알이 강선을 빠져나가듯
순식간에 같은 구멍을 미끄러지고

총구를 떠나기 전에 허공에 꽂힌 십자가 표적을 곧추세우라.

〉

우리는 성난 불길처럼 휘돈다.
우리는 저마다 먹어치운 공기의 값을 헤아린다.

세계는 날아간 궤적으로 만든 원통 모양의 거대한 방주
가지런히 모둔 발등마다 완벽하게 뚫린 구멍

방주와 구멍, 그것은 빵과 효모의 일
거꾸로 매달린 십자가에서 발이 자라 나온다.

고아의 별

—비트8

먼지 낀 사방나무가 비트 밖 오솔길에 그림자를 드리울 때
기억에 가물가물한 타깃의 표정을 애써 떠올린다.

기적처럼 너를 다시 보는구나.

네가 아직 사람인지 알고 싶었다.
캐묻는 듯한 푸른 눈동자

모두 고아야, 삶은 거저 주어졌단다.

낯선 피를 받아들이려는가
별은 뾰족하고 소리가 없다.

눈을 감으면 어둠을 볼 수 없어.
이봐, 삶을 아끼지 마.

아득하고 그윽하고 깊고 쓸쓸한
총구 속에서

〉

짐짝처럼 어둠에 실려서 살점은 이장移葬하는 일

이봐, 삶을 아끼지 마.

눈을 감으면 어둠을 볼 수 없어.

이제 당신 차례입니다
—비트9

접안으로 가닿은 낱낱에 집중해왔다. 작전은 다음 그리고 다음에 완결될 것이었다. 나는 잠시 지도에 도래하고 작전은 닥친다. 다음 그리고 다음으로 달아나 당신을 본다. 나는 조금 비켜서고 당신은 스스로 펼친다.

우리는 결이 성긴 작전을 좇는가 먹는가 비비는가. 당신은 조금 비켜서고 나는 스스로 펼친다. 대물렌즈 아래서 푸른 꼬리지느러미를 뻗어나가다가는 검게 죽어 굳은 정맥류를 점점이 이어 하얗게 붉게 디디고 서는

당신이라는 근친이 있어 필연의 나라는 여전히 남아 있다. 내 사랑은 아무것도 저지르지 않았다. 그러한 잠시 누가 있어 1초의 삶을 위해 24시간 죽는가. 온통 흘레하며 뒹구는 잠시 누가 있어 죄와 무위를 걸머진 비렁뱅이로 남는가.

지도는 자체, 삶이라는 바탕소리다. 주저앉지 않고 놓여나지 않으며 헛되이 신념을 누설하지 않기 위한 쟁투의

꽃차례다. 사이, 언제고 곰살궂은 당신이 사무치는 내가 되었다. 언제고 사무치는 당신이 곰살궂은 내가 되었다.

당신이 꽃판이다 당신이 꽃술이고 대궁이다. 당신이라는 근친이 있어 오로지 저를 쓰는 지도는 온몸을 공글리어 우뚝 서기도 하는 것 세우기도 하는 것. 필연의 나라는 여전히 남아 있다. 허기여 마침내 나를 이끌고 가라.

막다른 탄도에 가로놓인 채, 모든 행간은 지도가 쓰는 시인의 작전. 나는 작전이 없다. 작전은 당신이 없다. 당신의 작전은 당신이 없다. 당신은 끝내 작전이 없다. 나는 당신의 작전이 없다. 나는 내 작전이 없다. 작전은 내가 없다.

월식

—비트 10

당신의 입은 열매 맺지 않는 씨앗
당신의 입은 불로 달구어진 쟁기
태아가 태의 입구에 걸려 있다.
구름으로 내려쳐서 무덤을 갈라라.
당신의 입은 땅의 파수꾼
탯줄은 뻗어서 북극성을 옭아매고
아랫배는 부풀어 등고선으로 갈라지고
만년설을 끌어안은 사타구니로
춤추며 녹아내리는 불꽃
빙하처럼 흐르는 혼인색의
무늬, 그 천상열차분야지도에
죽은 자로 죽은 자를 묻고
피의 밭에서 일어서서 걸어라.

당신의 입은 번개의 끈
당신의 입은 천둥의 건반
당신의 입은 마그마를 삼킨 바다
노래하라, 소 돼지의 젖과 같은 젖을 늘어뜨린 별들을

일어서는 빛으로 별의 깊이를 측량하고 조율하는 손가락을.
별들의 재판이 끝난 달의 뒤편에는
그 빛 이외에는 아무것도 없느니
당신이 노래하면 멈추어 서고
당신이 고개를 돌리면 끝없이 이어지는
행간이 새떼가 되어 날아오르는 것을 보아라.
이 지도는 당신 손으로 엮어 만든 당신 자신이다.
각주가 없고 후렴이 없고
기도가 없는 지도
모든 계산을 죄인처럼 들키지 않는 지도.

지도를 펼쳐 드소서.
당신은 당신이 하는 짓을 모르나이다. 아버지,
마침내 당신의 증오가 진보하오.

아무도 기다리지 않았다

—비트 11

당신은 이미 다른 길에 서 있다. 검은 수녀가 남자의 손을 내밀어 타깃을 전해주면, 간단없이 해치우고 돌아온 당신은 술에 취해 기도를 올리겠지. 지금은 가죽조차 남지 않은 손가락으로 방아쇠를 당기고는 밤이면 참호 속에 구겨져 편지를 쓰겠지. 당신의 문장은 지구처럼 변덕스러워서 머리를 난간에 기대고 보내는 답장에 쓸 말은 없다. 포기해 편한 길을 선택해. 꿀벌을 물어뜯는 말벌은 알아 꽃잎을 넘어서는 불안의 침은 없다는 것을 거기서 꿀이 샘솟는다는 것을. 그리하여 모든 탄피가 불타버린 작전지도 속에서 자라나는 바늘꽃은 아니라는 것을.

사람들은 슬픔 속에서 살아간 당신을 손가락질하고 당신의 아내는 참호에서 날아온 편지를 아궁이에 집어넣을 때, 나는 당신들의 사랑 노래를 부르고 사람들은 우리들의 노래를 듣고 탄피를 한 움큼씩 놓고 가겠지. 그러고는 집으로 돌아가 지붕을 어둡게 칠하고 서까래를 놓고 내려와 사다리를 고친 다음 손을 씻겠지. 피복이 벗겨진 전선에 앉은 빗방울을 헤아리겠지. 꽃과 새와 벌레밖에 없는 정원을 가꾸며 밤이면 목책 아래 숨어서 별을 보겠지. 우리는 모두 하늘 아래 새것을 사기 위해 고통을 팔고, 새로운 고통을 사기 위해 공포를 산다는 것을 안다.

먼바다에 소나기가 퍼붓는 날에 쓴다. 당신은 격발의 음악이니, 당신이 스스로 낙오한 것은 애초에 잘못된 일이 아니다. 정말 멋진 젊은이였는데 부모는 성실하고 아내는 알뜰했는데…… 포기해 편한 길을 선택해. 부디 당신이라는 음악의 완결된 작전이라고 할 만큼 아름답고 불가사의한 지도가 되어봐.

맥놀이
—비트 12

잊힌 탄도의 조율 방식과 탄착군의 슬픈 족보를
되돌리려는가, 눈보라 속을 날아 새가 돌아오는 계절

돌고 돌고 돌고
철을 맞추어 날아가고 날아온다는 것 끌어당기는 중심을 가지고 있다는 것 위장막에 꽂힌 나뭇가지와 사위어가는 유도등 불빛이 만드는 견고한 고리를 하늘에 그려놓고 반복해서 소용돌이치는 파동의 반지 속으로 빠져든다는 것

격발의 음악, 그 가운데 말갛게 떠오는 고리는 인간이 최후에 잠들 수 있는 곳이리라.

수풀과 아스팔트를 손 갈퀴로 긁으며 버려진 탄피를 찾다가
밤이면 초록색 이불이 덮인 소파에 앉아 돌아오지 않는 당신을 생각한다.

〉

표적이 된다는 것은 반짝이는 은수저를 식탁에 놓고 손 모아 기도하는 마지막 자리가 되는 일

누구도 기다리지 않았다 이 집에서 우리의 방과 가장 멀리 떨어진 곳에 너를 두고.

나는 오늘 탄피의 과거를 지우려 한다.

지금까지 만든 것과 앞으로 만들 것들

이기려면 강해져서 돌아가야 한다.

마셔라 내 새끼, 남의 것일랑 탐내지 말고 우리가 담근 술로 목을 축여라.

피를 덥혀라. 철길을 따라 은하 끝까지 가능하면 멀리 도망가서 영영 붙박여라.

일식

—비트13

눈먼 태아가 제 어미의 눈알을 달고 자궁을 외출하는 지구의 밤이다 우리들의 실패

흐르는 나는 명징하고 나는 관여하지 않는다 나는 스미지 않고 나는 멀고 나는 마른다 나는 피와 뼈를 사른다 내게 응결하는 우리들의 실패

속내를 열없이 녹여 삼키고 너는 비어가는 나를 막 관통한다 나는 너를 멈춘다 놓는다 박는다 심는다 꼽는다 우린다 삼킨다 우리들의 실패

푸른 손 검은 마법 도사리는 꿈 자라는 모빌 나는 대지 붙박인 바람 뒤채는 차원 타는 물 내 피와 뼈의 행로가 춤추는 네 복사뼈에 자세히 기입된다 우리들의 실패

네 양심이 나를 무릎 꿇린다 내 치정이 너의 오금에 고인다 우리들의 실패

〉

눈알이 빨간 날지 못하는 새는 빨간 물이 비친 눈알이 날개다

애도를 빌려 만든 암구어 또는 계속되는 수하

—비트 14

스스로 죄를 지었다 말했다.
당신은 아프다. 악취 속에서
당신은 등배를 뒤집는다.
돌아누운 구름이 비를 뿌린다. 아픈 몸이
걷는 먼지와 말하는 흙 사이에 웅크리고
침묵으로 비트를 구축한다.

당신은 스스로 하는 모든 일을 할 수 있는 자가 아니다.
당신은 시간이 스스로 할 수 있는 일을 했을 뿐이다.
약진 앞으로 죄악감은 꼬무락꼬무락 전진한다.
약진 앞으로 저질러지는 죄는
신비한 교전 수칙으로 번역되었다.

바닥을 가슴팍으로 조금 더 끌어당기자
이물감으로 고약한 느낌이
공포를 시켜서 비트를 슬픔으로 번역했다.
당신은 그것을 무기로 삼는다.

〉

적을 사랑하라. 적을 사랑하라. 적을 사랑하라.
모두를 사랑한다는 것은 아무도 사랑하지 않는다는 것.
수하를 잊은 암구어는 당신을
당신의 적에게로 이끈다. 조금씩
당신은 적의 심장을 향해 포복한다.

낮게 더 낮게
속삭이고 증오하고 사랑하고 저주하고
저들이 거둔 것을 저들 손으로 움켜쥐도록
이곳에서는 왜 아무도 맨발로 죽은 자를 묻지 않는 것일까?

하얀 차돌이 끝없이 깔린 들판이 은하 끝까지 펼친다.
스스로 주어진 시야 바깥에서
목표를 구할 수밖에 없는 어둠이
중독자의 수치심을 어루만지듯
누구의 애도를 빌려 자정을 고안한 것일까?
나무들, 판초를 뒤집어쓰고 시가지로 한 뼘씩 전진한다.

배꽃전투
—비트15

배꽃전투를 쓰겠다 과수원 철책과 배꽃에 대해 썩어 문드러진 송치와 과육에 대해 벌통과 밀랍과 꿀에 대해 단내가 나뭇잎 부름켜에 스미는 꽃향기에 대해

염통과 쓸개에 대해 배밭을 뛰놀던 사슴과 처음 자른 사슴뿔과 처음 잡은 사슴 등짝에서 뭉게뭉게 피어나던 무늬의 짐승과 꽃과 살점을 짓이기던 소소리 바람에 대해

배꽃에 봉지를 씌우다 보면 발밑에 오래 짓밟혀 뭉개지는 명아주 대쑥 민들레 잎사귀에 대해 질경이와 토끼풀 여물에 대해 쓰겠다.

봄에는 사슴 똥을 모았지
농사 월력을 찢어 아담한 봉지를 만들어 감쌌지
벌 나비는 배나무 우듬지에 앉아 보기 싫은 지분거림으로 새까맣게
새까맣게 봄 가뭄이 끝나도록 과수원을 온통 매구치고

꽃이여
버짐이여
하얗게 말라 가루가 되어 날아가거라.
꽃가루 난분분 지천에 바람을 부려 구름이 되도록

지는 꽃잎마다 비구름 부르는 축문을 흩어 뿌리며 배나무 밑동에 싸지른 거름 똥으로 엎드린
나는 배꽃전투를 쓰겠다.

눈길에는 나비

—비트16

나비에 대해서
어떻게 시작하면 될까?
그것은 하나의 정신
그것은 빛의 섬
정박하고 있는 불빛 그 자체
나비들의 강력한 흐름이 총구 쪽으로 몰려온다
표적 위에는 유도등 불빛과 한 떨기 꽃잎
꽃은 항상 변할 수 있고
어떻게 하면
나비가 몰려오는 사이에
다른 공간보다 더 강력한
한 떨기 꽃잎 혹은
하나의 막을 구축할 수 있을까?
여기가 시작이고
여기가 중간이고
여기가 절정이다
그때 당신은 총구를 손가락으로 막고
총구에 나비가 날아와 앉는다.

날아와 앉은 나비와 한 떨기 꽃잎

나비는 무엇이든 될 수 있고

꽃은 항상 변할 수 있다

간단없이 무너지고

갱생하는 표적들

그러나 이 글에서 당신은

나비는 무엇을 말함인가?

총구는 어디를 향해 축축한 연기를

머리카락처럼 드리우고 있나?

당신 오직 당신이면 된다

비트 밖이라면

무엇이 있어도 좋다

배든, 사막이든, 달의 뒤편이건……

당신 눈동자에 앉은 나비

당신 눈길이 가닿는

그곳, 눈길에 나비

* 이 비트는 버지니아 울프의 일기(1929.5.28.TUE)를 차용했다.

쇄빙성碎氷城

—비트 17

1월, 왕은 마시던 술을 엎지르고 잔에 낀 살얼음을 걷어 흩뿌린다. 얼어붙은 물줄기는 얼어붙은 강으로 얼어붙은 바다로 이어진다. 2월, 성은 전쟁에 휩싸인다. 녹슨 화살촉을 한 움큼씩 꺼내어 화폐를 대신하는 삶. 백성들은 얼음수레에 꽃 장식을 한다. 짓무른 아이의 무릎에 화약을 바르고 길을 재촉한다. 간헐적인 소낙눈이 멎자 3월이다. 붕대를 온몸에 두른 아이들이 물살에 떠밀려 온다. 왕은 평화를 선포한다. 성은 거대한 화관花冠으로 돌변한다. 백성들은 집으로 돌아가서 어쩌면 삶의 마지막이 될지도 모를 주검을 얼음에 묻겠지.

4월, 긴 긴 기근이 시작된다. 세상 모든 나무들은 관짝이 되기를 바라는 듯 잎을 되삼킨다. 그런 바람에 맞춤하게 세상 모든 꽃나비는 수의를 꿈꾼다. 5월에는 아무 일도 일어나지 않아서 백성들은 기꺼운 마음으로 왕에게 묻는다. 언제 다시 평화가 오나요? 백성들은 왕 역시 그들보다 아는 것이 별로 없다는 사실을 눈치챈다. 왕은 어딘가로 끝없이 뻗은 깊고 아득한 참호에 누워본다. 7월, 왕은 메

마른 성벽이 태양 아래 쩍 쩍 갈라지는 모양을 말없이 지켜본다. 꽃 덤불 사이로 달빛이 실보무라지를 흩뿌린다.

8월 보름, 왕은 백성들을 한 줄로 세우고 야윈 손가락으로 동그란 빵을 나눈다. 한없이 잘게 부서진 빵가루들이 성문으로 이어진 길을 덮는다. 9월이다. 빵가루 위로 이른 낙엽이 쌓이고 갈라진 대지에 이슬이 고인다. 이대로 낙엽이 쌓여 젖으면 적들의 수레 소리조차 들리지 않겠지. 10월에는 가을볕 질푸른 단풍 속에서 새로운 주검들이 오래된 주검 위로 포개진다. 성에서 태어난 자를 성 밖에 묻는 오랜 풍습처럼 먼 곳을 가리키던 손가락을 배꼽 위에 얹고 손끝에서 발가락까지 끈을 동여맨 염습의 나날. 11월이 가고 왕은 열없이, 세상 모든 길로 뿔뿔이 흩어지는 백성들을 향해 마른 꽃을 던진다.

세상 모든 길에 처음 이름을 붙인 자는 누굴까? 12월, 얼어붙은 성은 얼어붙은 바닷길로 서서히 흘러간다. 왕은 마른세수로 검은 피를 덥힌다. 피가 식기 전에 관절을 당겨 동여맨 손가락에서 발가락까지 팽팽하게 벼리던 온기로 만나는 길들. 조난자들의 마지막 무덤. 얼음수레. 한 마리 얼음물고기. 발간 지느러미 사이로 얼어붙은 비늘이 버려진 지도처럼 빛난다. 물속 깊은 데서 티 없는 손바닥 하나 맑게 떠오른다. 갈라진 성벽을 차오르는 물은 거울처럼 투명하다. 끝내 얼어붙을 물줄기는 얼어붙은 물길로 얼음물고기 눈동자로 이어진다. 파란 유빙을 헤치는 성망루에 앉아서 왕은 되묻는다. 언제 다시 평화가 돌아오나요?

조난자들의 무덤

—비트 18

저격수는 수통에 물을 채우고 개활지를 벗어난다. 절벽을 기어올라 덤불에 숨는다. 그 작은 지구를 독재자는 편편한 접시에 펼친다. 포크에 지평선을 돌돌 만다. 우리가 각자의 쌍둥이 지구에 살고 모든 조건이 동일하다면, 우리는 제각각 지구에 작은 손잡이를 만들어 자기 쪽으로만 끌어당길 것이다. 이것은 '붉은 완장' 저것은 '흰 꽃잎' 이것은 '빵과 구름' 저것은 '장미와 벼락' 이것은 '공포의 가늠쇠' 저것은 '갈고리 십자가' 누군가에게는 맹수고 누군가에게는 가축이어서 잡아먹을 수도 없고 고삐를 늦출 수도 없는

우리는 늘 서로의 좌우에 마주 서 있고, 우리는 좌우를 가리지 않고 돌고 돌아 허파를 채우고 뇌를 흔들고 심장으로 한데 뭉칠 테고, 우리는 피가 뜨겁다. 물렁물렁한 가죽에 우아함을 가장한 우윳빛 얼굴로 다만 멸종과 몰락은 맹렬하고 적극적이고 전폭적이었다. 절식은 전격적이었다. 우리는 늘 인민을 마주 보고 있고 우리는 인민을 향한 신의 사보타주 속에서 태어났고, 우리는 죄를 짓는 게 아니

야. 단지 작은 실수를 반복하고 있을 따름이지. 우리는 끝끝내 명백한 기만에 대해서만 논해야 한다.

염소가 보드라운 민들레를 씹는다. 민들레는 악마의 마지막 위장을 덥힌다. 기식을 전폐한 아이들이 젖을 열고 들어가잔다. 거기가 우리의 쌍둥이 지구다. 차벽을 쌓아야 하리. 벽들은 신들의 성막이어서, 우리의 어미와 누이는 젖과 꿀을 문지르고 등을 기댄다. 음부가 달아오른다. 내부가 발기한다. 우리는 우리가 먹어치운 짐승과 벌레와 공기 내부에 살고 있다. 서로의 몸을 숙주로 삼아 우리는 결코 다른 동물의 내부에 속하지 않는 존재에 대해 묻지 않으면서 우리는 스스로 둘러친 커다란 유리관 같은 소화기관을 상상하는

우리는 사보타주의 신이다. 우리는 독재자고 저격수다. 한 걸음 한 걸음 다부지게 내딛다가 서로의 지도 끝에 다다라서는 납작한 지구 한 모퉁이를 동글게 말아 접시에 올린다. 접시를 들고 각자의 쌍둥이 지구로 돌아가 식탁에

앉은 다음 홀쭉한 지구를 포크로 푹 찔러본 다음 후추를 뿌린다. 음, 아직 덜 익었군. 아직 덜 익었어.

어둠 속의 니케

—비트 19

어둠 속의 니케

척척한 날개

우린 더 외로워져서 더 다정하려고 서로에게 지도를 건네곤 했다. 당신이 선물한 지도는 늘 아름다웠지. 없는 당신과 없는 나와 없음의 삼각측량은 늘 옳았다. 삶 끝까지 산개하고 도포하고 떠밀리듯 등고선을 따라 걷다가도 늘 제 시간에 맞추어 당신에게 발사되었다고 스스로 위로했지만

내가 모르는 당신을 향한 촉발은 가없어서 마음의 편각과 지도의 편각은 늘 어긋나기만 한 것일까. 나침반과 지도, 도북과 자북, 탄도와 행로, 길과 표적은…… 갈망 속에서 약한 존재는 모두 녹아 사라지리라는 말. 그러니 당신은 자신을 불살랐겠지. 그러고는 말할 거야.

장작불로는 빛을 비출 수 없다. 화염의 미로를 비출 뿐이다. 당신은 아직 어둠 속에 있고 정복을 모른다. 당신은 두 팔을 잘라 던졌고 이제 더 이상 잘라 던질 팔이 없어 날개로 비질을 한다. 짚단 같은 그림자를 불구로 껴안는 노을의 염습 속에서 동정으로 붉게 달아오른

몸뚱어리를 쓸어주며

강한 자들은 강한 자신만을 사랑한다.

어둠 속의 니케
척척한 날개

손가락을 맞대자

—비트20

새를 불러 모으고 꽃 피우고 가지를 하늘하늘 늘어뜨리게
나는 오아시스를 연주하겠어 태평양을 두드리겠어
우리의 손가락은 5대양 6대주 위에 떨고 있어
우리가 노래할 때마다 나였던 그자를 일깨우는 목소리는 침묵하고
서로 가장 아파했던 뼈가 악기가 되어 힘줄을 현으로 걸고 있으니

이파리는 가지 끝에 다른 생의 불길을 불러 모으는데
우리의 연주는 햄스트링이 찢어지는 줄 모르고 행진 또 행진하겠어
끓어오르는 손가락의 떨림으로 하늘이 열리면 밤하늘은
말 넓적다리 궁둥이처럼 빛나네 영롱한 어둠의 근육을 등대 삼아
사막으로 가겠어 불빛이 너무 많아 당신 얼굴을 볼 수가 없어

〉

별을 저녁으로 들이기에는 차 우리는 향기가 부족한 이 시간
어제 죽은 자들을 묻고 애도의 주문을 흙 뿌리던 무덤 속에서
개 짖는 소리 들린다 그것은 우리의 아이가 태반 밖으로
귓바퀴를 돋우는 몸의 사랑 꽃피는 임신선을 따라 자맥질하겠어
갈라터지는 살무덤 속에서 다시 몸의 사랑을 발명하겠어

돌고래의 피를 마시고 새들의 응시를 견디는 꽃이 되겠어
나무로 만든 나비 한 마리 기타 위에 날아와 앉을 때
음표의 날렵한 물고기들은 음악도 없는 바다를 잘도 헤엄쳐
건너겠지 깊은 곳으로 더 깊은 곳으로 자맥질하고
마침내 바다 저편을 건너간 창백하고 긴 긴 손가락이 되겠지

방아쇠를 당기고 펜대를 지탱하고 관자놀이를 꾹꾹 누

르던

손가락을 따라 전류가 흐르고 침묵이 고이고 우리
서로의 지문이 얼굴에 목덜미에 파이는 노래를 듣겠네
지문 속에서 악보를 읽겠지 우리가 만든 빛의 제국
절망이 부족한 제국의 하늘 위로 악보 하나 떠오르는
것을 보겠지
손가락을 맞대자 무한 도돌이표 속에서
우르르 쾅쾅 비 뿌리는 심벌즈를 닦게 이 삶의
몫으로 남겨진 필연의 운지법을 발명하게

나무

—비트21

나무는 꽃 피는 비트다.

숲의 이름을 빌어 어우러지는 한 아름의 춤이다.

가지가지에 찢어진 스타킹 같은 바람이 죽죽 늘어난다.

나무끼리 둘이 셋이 넷이 자꾸자꾸 추는 춤 속에 새가 깃든다.

나무는 노래의 목울대가 날개를 닮았다는 사실이 겸연쩍어 새떼를 날린다.

나무는 가지를 휜다.

가지가지에 새카만 물비늘이 검버섯처럼 돋는다.

나무는 새벽의 단식 수행자다. 잎을 내밀되 가두지 않는다.

나무는 추가 없는 천칭이다. 흔들리되 기울지 않는다.

나무는 촉각촉각 뿌리를 내려 지구의 자전을 연습한다.

나무는 뿌리를 내린다.

나무는 작전을 쓰지 않고 지도를 읽지 않는다.

나무는 겉장이 나달나달한 잎을 틔워 작전지도를 묶는다.

작전지도는 심장이 나쁜 날들의 교전 기록이다.

나무는 한데 어우러져 피가 채 가시지 않은 아침 수레를 끈다.

나무는 잎을 틔운다.

나무는 흙구덩이로 발을 밀어 넣는다.

발치에서 흙구덩이는 꽃으로 수놓인다.

나무는 바람의 실을 엮어 꽃잎을 매장한다.

말라가는 꽃잎의 무게로

바람은 이생의 꿰미다.

나무는 죽은 자의 터럭을 매만지고 정강이를 쓸어본다.

나무는 발뒤꿈치를 그루터기에 문질러 닦고 흙구덩이로 내려선다.

세상은 버림받은 여자와 아가와 길고양이와 절름발이 개와 상두꾼 천지

나무는 사과 씨앗 속에서 뱀을 본 최초의 경전이다.

나무는 가지를 뻗고

나무는 지난겨울, 나에게 내가 죄를 지었다고 말했다.

너는 죄를 지었어.

나는 아팠다.

너는 죄를 지었어.

너는 죄를 지었어.

나무는 죄책감의 등고선을 읽는다.

그러고는

볕 잘 드는 쪽으로 한 뼘, 이생의 나이테를 더한다.

말 우는 밤의 노래

—비트22

잔등 위에서 생강차를 나누던 지음知音은 떠났네 말무덤에 태양을 묻고 남은 빛을 행낭에 넣었네 그 여린 등불에 찬 볼을 비추며 유령처럼 나의 말이 뛰놀던 생시의 수풀을 어슬렁거렸지 나의 말이 죽던 밤 짚섶은 겨울처럼 쓸쓸했고 하늘이 없는 것처럼만 보여서 고삐를 당기고 채찍을 휘두르던 부끄러운 손으로 서투르게 손풍금을 연주했지

풀 베는 철 지나고 겨울였다네 느슨해진 무릎뼈를 맞추어 계절의 관절께나 지나고 있었던 모양이야 호각 소리 휘파람 소리 찻물 끓이는 주전자를 빠져나와 천장에 맴돌 때 말먹이로 기르던 오랑캐꽃 아그배나무꽃 이파리 눈보라로 흩날리고 말발굽이 좋아 향기로 기르던 꽃잎 사이로 애써 치던 꿀벌들이 소란을 몰고 돌아오는 꿈을 꾸었다네

아니라네 그건 나의 말이 뜨거운 콧김을 뿜어내며 저 검은 하늘에 우리의 별자리를 만드는 노동의 노래였네 노래는 뜨겁고 또 뜨거웠네 용암처럼 끓어오르는 은하의 물길을 차가운 피로 덥히며 달리는 나의 말이 말갈기에 별빛

을 적시어 토한 뜨거운 입김이었다네 이보게 자네 삶은 등자도 안장도 없이 발굽 하나로 무한을 구르기에 맞춤한 노래였나?

나는 가끔 나의 말과 고개를 마주하고 안개 속으로 뻗은 길을 끝없이 끝없이 달리는 꿈을 꾼다네 그때마다 나의 말은 마법 같은 힘을 발휘해 서녘으로 기운 태양을 등 돌리고 동녘을 향해 뻗어가는 말머리성운을 보여주었다네 그러고는 촉 없는 깃 없는 움켜쥘 손목조차 잃어버린 가난한 나의 붓에 갈기를 한 움큼씩 채워 넣었지 발걸음도 경쾌한 나의 붓은 말 우는 밤의 노래를 받아 적기 시작했지

어느 밤 나의 말은 뜨거운 콧김 속에 빛나는 눈망울로 속삭였다네 당신은 나의 지도입니다 발치에는 뭉개진 지푸라기 땀방울로 반질반질한 여물통 나는 헛간을 나와 휘파람을 불었다네 눈보라 치는 허공에 긴 뒷덜미들이 달리는 소리 들렸네 아니라네 그건 나의 말과 나를 가로지른 기압골이 몸 바꾸는 소리였네 나는 뜨거운 침을 목덜미에

문질러 닦고 한바탕 울었네 히이힝 말머리성운 한복판에서 나의 말이 덩달아 우네

시인
—비트23

비와 초승달처럼
바람과 칼날처럼
비워져가는 사람은
기도하는 손아귀처럼 등이 굽었다.

돌멩이로 누를 수 없고
책갈피를 끼워 넣을 수 없는 빈자리 끝에서
눕고 서고 기고 꺾이고 잘리고 닫히고 흩어지는
삶의 도화선

그 타들어가는 모양을 개미 걸음으로 따라가는 일
그 끝없는 이야기의 바깥에 필터를 꽂아 숨구멍을 틔우는 일

그는 태어나면서 한번 울고 살아가며 눈감고
마지막으로 한번 웃으리라.
웃음은
타들어간 종이처럼 묘비명을 쓰겠지.

〉

억새와 대나무가 우거진 옛 수풀을 지나면
먹줄로 그어놓은 선처럼 반듯한 담장 아래
샘물에는 무너진 종탑이 비치고

수면 아래는 만질만질한
돌멩이 그가 발견한
투명한 어휘들 속에서
그는 살아 있고 살게 되리라.

향료와 시든 꽃다발 대신
증류수 한 잔이
잉크를 대신하겠지.

늘어진 그림자를 끌고 선 마을
담벼락과
장미 넝쿨 사이로
경전을 새기는 철침 같은 비가 내린다.
아득한 구약 향기의 빗줄기 사이로
눈먼 여백 제도사가 걸어가고 있다.

에필로그

어제의 시

부처는 손가락으로 시를 적었겠지. 법을 전하던 손가락 살아서는 법에 따라 고동치는 심장을 쓸어내리고 죽어서 살점이나마 맞닿기 바라며 빛나는 손가락, 당나라 새가 그걸 물어 와서 황제는 30년에 한 번 절을 했다지. 황제는 긴 잠에 빠지고 꿈의 독재가 시작됐다지.

이 순간부터는 짐이 역사의 전환점이 되리니. 한유(韓愈, 768~824)는 황제의 꿈을 대독代讀했다. 성벽에 붉은붓으로 적어 내린 포고령이 나부꼈다. 밤이면 방榜에서 혓바닥이 돋아났다. 도란도란 수런수런 파랗고 아늑한 불길이 일었다. 피죽바람이 불길을 성 밖으로 데려갔다.

한유는 불길이 가 닿은 지평선을 응시했다.
내 땅은 파란 혓바닥 같고 말이 없구나

어제는 아름다운 시를 얻었고 꿈에 시인을 만났지 붉은 붓을 소매 춤에 숨기고 그를 찾아갔지 매화나무 꽃그늘 아래 절문을 두드리다가는 곧 밀었지 그러고는 울음도 없이

흐느끼는 시를 읽었지 내일은 시를 읽고 말없이 돌아와야지 가난한 시인에게 벼슬자리를 봐주어야지

가도賈島는 오늘도 시를 쓰고 있을까?

한유는 손깍지를 끼고 잠든다. 머리맡으로 당나라 새가 날아와 앉는다. 새는 부리 끝에 파란 불을 머금고 한유의 꿈속을 들여다본다. 날름거리는 불길에 되비친 새의 눈알 속에서 한유는 입술을 움직였다. 모든 시는 어제의 시다. 들릴 듯 말듯 낮은 소리로.

퇴고

아름다운 시를 얻은 밤에는 울음도 없이 흐느끼는 꿈을 꾸었다. 먼 곳에서 문장을 좇아 말을 달려온 이 하나, 인적이 드문 꿈의 빗장을 밀다가는 두드렸다. 그는 빗장을 풀고 어스레한 바다를 만난다. 비단 물결 위로 바람 한 점 일지 않고 어디선가 피리 소리 잦아든다. 새는 물가 가지 위에 잠들고 달은 낮 동안 빌려 온 빛살을 되쏘며 빛나고. 그는 서울에서 온 韓이라고 다짜고짜 어제의 시 좀 볼 수 없느냐고. 소매 춤에서 붉은붓을 꺼낸 그는 무언가 못마땅하단 듯 글자를 한 획 두 획 지워나갔다. 붓끝이 스칠 때마다 달빛은 구름을 뿌리째 뒤흔든다. 가도(賈島, 779~843)는 사라져가는 문장을 헤아렸다. 손가락을 꼽으며 마음으로만 하나 둘 다시 하나 하나…… 나뭇가지에 앉은 새가 종잇장을 내려다보다 멀리멀리 날아 물살에 깃을 친다. 물결은 꿈이 깨도록 밀고 밀리고 알 수 없는 무늬를 그리며 잠든 시인의 눈꺼풀을 두드린다.

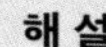

경계에 드러누운 자의 뭉클한 서정

장이지 / 시인

1. 서적과 예술이라는 종교

신동옥은 1990년대 사회주의 몰락 이후의 단자화된 세계를 자신의 문학적인 인큐베이터로 하여 탄생한 시인이다. 사회의 공통 전제가 무너져버린 불모의 시대에 그는 동서양의 경전과 고전, 불우한 삶을 살았던 불멸의 예술가들의 세계로 들어가 틀어박혔다. 그는 저 '공위空位의 시대'에 서적과 예술의 세계를 새로운 신, 새로운 이데올로기로 옹립한 것이다. 그에게는 예술을 종교로 삼은 자, 19세기 도덕률의 복권자, 21세기의 문학적 원리주의자라는 별명이 어울린다.

그러나 그는 어떤 문학적 그룹으로 범주화하기가 어려운 시인이다. 그의 또래들이 달려간 방향과 그의 행로는 상당히 달랐다. '에반게리온'과 같은 세계로 그는 달려가지 않았다. 그 대신 그는 스스로를 '악공樂公'으로 불렀다. 그는 오르페우스의 후예로서, 떠돌이 음유시인으로서 자신의 캐릭터를 잡아갔다. 그 길의 순정성을 우리는 인정하지 않을 수 없다. 그는 '아나키스트'를 자처하며 반항아의 포즈를 취하기도 했다. 요절한 로커들의 이름과, 북방의 지명들, 그리고 문체반정 때의 이옥과 같은 문인들의 이름은 그의 시에서 하나의 계열체로서 연환을 만들면서 그 포즈에 조금씩 변주의 가능성을 열었다.

그의 시에 나타난 이름들은 그의 시를 여러 참조항들이 중첩된 복잡한 텍스트로 만들었다. 그의 인유는 일견 포스트모더니즘 특유의 패러디에 가까이 가 있는 것처럼 보이지만, 그보다는 오히려 고전주의의 시학을 연상시켰다. 그가 동원하는 이름들은 유희의 장치들이 아니라, 경건함을 수반하는 것들이었다. 그는 동양의 시학에서 그와 같은 전통을 흡수했으며, 그것은 그 자체로 동시대 시인들 사이에서 그의 시를 더 돋보이게 했다. 더러 그것이 그를 '무거운 사람'으로 비치게 한 면도 있다. 그는 고전주의적인 엄격함을 지니고 있는 듯 보이지만, 그에게는 사실 로맨티스트의 피가 흐르고 있다. 아니, 사실은 그 길항의 한복판에 그는 드러누워 있다.

2. 시인 · 시론가라는 직업

가만히 보고 있으면 신동옥은 외로움의 키가 훌쩍 큰 사람 같다. 여윈 몸은 언제나 어떤 긴장감을 발하고 있으며, 빳빳한 목은 오연傲然한 자존감을 느끼게 한다. "같은 시간에 일어나 정해진 시간만큼 책을 보고 하루 치 생각들을 노트에 정리하고 집으로 돌아와 밥을 먹고 뉴스를 본 다음 자기 전에 일기를 쓰고 마음이 동하면 작품도 간간이 써가며 정해진 시간에 정해놓은 시간만큼 잠을 자는 것"(『서정적 게으름』)이 소원이라고 그는 말한다. 그는 서생書生이자 시인이다. 그는 죽은 예술가들과 정신적으로 이어져 있으려고 한다. 그는 깨어 있는 동안에도 그렇게 한다. 그런 점이 현실에서 그를 더 외롭고 고고한 존재로 만들고 있는 것인지도 모른다. '여백 제도사'(「시인— 비트23」)라고 했던가. 저 미야자와 겐지宮澤賢治의 동화 「고양이 사무소」의 '사무원'과 같은 직업을 그는 하나 발명했는데, 그는 그의 직업에 엄격하다. 그저 교묘하게 말을 꾸미는 잡스러운 시인들과 그는 전혀 다른 종류의 인간이다.

"나는 무엇도 목표로 삼지 않는다. 나에게 목적이 있다면 그것은 시일 것이다."(『서정적 게으름』)라고 그는 말한다. 시에 대한 그의 진지한 고민은 서서히 '시론'의 모양새를 갖추어 가고 있다. "시인에게 자신의 진실은 자신의 내부에 잠시 가까스로 존재하고 있어서, 나는 내가 시를 쓰는 것을 보는 것만으로 내가 누구인지 알 수가 있다."(위의 책)라고 말할 때, 그는 그의 동년배들이 밟지 못한 영지에 발을 들여놓은 것이다. 시는 찰나의 진실을 담아내는 그릇이다. 그것은 정말 "가까스로" 언어가 되는 것이며, 그것을 쓴 시인조차 자신의 그 찰나적 진실을 확인하기 위해 다시 시 앞으로 돌아와야 한다고 하는 것인지도 모르겠다. 그의 시론은 실존주의에 가까워 보인다. 나는 그가 유행 담론에 휩쓸리지 않고 자기 길을 가고 있는 것이 좋다.

그는 문학사에도 해박한 지식이 있다. 언젠가 그와 이야기하다가 나는 그가 1950년대의 시인들에 대해서도 아주 잘 알고 있다는 것을 알게 되었다. 예를 들어 「엔젤 탱고」, 「작은 보석 상자 안의 토종어들-만종」, 「적송의 나라」 등에 보이는 '양생養生'이랄지 '섭생攝生'의 코드는 일견 1950년대 시인 김관식을 떠올리게 한다. "나락 쭉정이도 씹고 꿩고기도 먹고 노루 피도 마시고 살쪄서 돌아가야지 / 얼음 샛강 디뎌서 우리 집까지"(「작은 보석 상자 안의 토종어들-만종」)라고 할 때, 그의 저 나열 속에는 김관식의 피도 흐르고 있다. 저 '양생'의 코드를 경유하여 그는 이전의 시들과는 조금 다른 세계로 이행해가고 있다. 그는 문학사를 전유하면서 자기만의 루트를 닦아가고 있는 것이다.

3. 언어를 아끼지 않는다는 것: 두서없는 뭉클함

『고래가 되는 꿈』에서 일단 눈에 띄는 것은 신동옥의 거칠고 대담한 언어 운용이다. 「시」나 「석류」와 같은 '제목이 원관념인 시들'은 기실 치환은유의 범주 속에 놓이기는 하지만, 제목을 좀 뒤로 물려놓고 보면 보조관념들이 '병치'에 가깝게 배치되어 있는 느낌이 있다. '시'의 보조관념인 "밀어", "거짓", "파동의 상쇄", "고요" 등의 연쇄라든지, '석류'의 보조관념인 "불의 나팔". "옹골찬 타악기", "핵", "애절양哀絶陽" 등의 연쇄는 그 자체로 보조관념들끼리의 반향反響을 만들어내고 있다. 그것을 '존재의 개시'로 불러도 좋다. "푸른 손 검은 마법 도사리는 꿈 자라는 모빌 나는 대지 붙박인 바람 뒤채는 차원 타는 물 내 피와 뼈의 행로가 춤추는 네 복사뼈에 자세히 기입된다 우리들의 실패"(「일식—비트13」)라고 하는 그의 거침없는 발화는 이성 너머의 신운神韻이 느껴진다.

그러나 단순히 열거처럼 보이는 것도 많다. "여자아이들의 숨바꼭질 놀이/털이 무성한 목덜미를 가진 사냥감을 쫓는 강아지/엄마가 손 갈퀴로 파낸 들판을 말없이 질주하던 물소떼/야전 침상 아래서 아빠의 작전 수첩을 물고 달아나는 고양이"(「凶으로 지을 수 있는 모든 것—비트1」)와 같은 식이다. 그의 나열은 그의 시를 장황하게 만들고 있다. 그는 이 장황함을 방법론으로 삼고 있다는 점에서 특이하다. "오직 언어만

이 감정을 사유로 바꿀 수 있다는 것을 알지만, 우리는 말을 아낀다."(『서정적 게으름』)라고 그는 푸념한다. 언어의 경제적 운용이라고 하는 서정시의 원리를 그는 낡은것으로 치부하면서 거부한다. 그가 자신의 장황함을 현실의 구체적인 재현과 연관시키고 있지 않다는 것은 흥미로운 부분이기도 하다.

시가 길어지고 있는 것은 어제오늘의 일은 아니다. 그와 동년배인 김중일은 내게 이런 이야기를 한 적이 있다. 시간의 침식을 시의 언어가 버텨내기 위해서는 일종의 형식적인 내구성이 필요하다고 말이다. 짧은 시에는 그런 내구성이 없다고……. 그러나 김중일의 '복잡하고 정교한 설계도'에 비해 신동옥의 그것은 훨씬 거친 것이다. "누워서 보니 이 모든 천박함이 / 반동이 두서없이 뭉클하구나."(「드러눕는 밤」)라고 그는 쓴다. 그의 장황함에는 '두서없는 뭉클함'이 있다. 그의 언어는 격정적이며, 그는 그 격정에 대해 반성하지 않는다. 대놓고 드러눕는 방식이다. 그러나 그렇기 때문에 그의 언어는 또한 그 자신의 순정을 가장 잘 드러낼 수 있게 되었다고 할 수 있을지도 모른다.

4. 실패의 시학: '비트'의 군사적 은유

그렇다고는 해도 신동옥을 단순한 로맨티스트로 보아서는

안 된다. 그의 거친 언어 운용은 의도적인 것이다. 그것을 통제하는 '시론'이 그에게는 있다. 그의 시론가로서의 역량은 일련의 묵직한 연작들—「악공」 연작과 「비트」 연작—에서도 확인할 수 있다. 그에게는 자신의 세계관을 작품에 녹이고, 그것을 호흡이 긴 연작으로 끌고 가는 뚝심이 있다. 그는 "마음이 동하면" 작품도 간간이 쓴다고 했지만 그것은 일종의 엄살에 지나지 않는다. 그는 한 명의 근대적인 예술가로서 자신의 주제의식을 의식적으로 밀어붙이고 있다.

「비트」 연작의 '비트'는 물론 '비밀 아지트'를 뜻한다. 그러나 그것은 미국 비트(Beat) 세대의 그림자와도 전혀 무관하지만은 않다. 그들은 짓밟히고 패배한(beaten) 자들의 언어로 지복의(beatific) 순간을 추구했다. 그는 「비트」 연작을 쓸 무렵 일기에 이런 말을 써놓기도 했다. "요 며칠 동안 압도적으로 아름다운 시구와 제목을 머릿속으로만 공글리고 있다. 그러는 내 마음이 차갑고도 풍만하게 끝없이 차오르는 것만 같아서 망치고 싶지 않은 거다. 연작으로 열 편 정도 이어가고 있다. 생각 속에서 가끔은 아주 가끔은 '시 같은 거 써서 뭐하려고 이렇게 앉아 있는 것일까?' 하며 안타까움과 분노와 무기력을 동시에 느끼고는 한다."(『서정적 게으름』) 「凶으로 지을 수 있는 모든 것」에서 일으킨 이 연작은 스물세 번째의 「시인」으로 끝난다. 이 일기 이후에도 또 한참을 그는 어떤 회의 속에서 시를 써 내려갔으리라. "파국"(「凶으로 지을 수 있는 모든 것—비트1」), "소외"와 "낙오"(「종생기—비트3」), "우리들의 실패"(「일식—비트13」)는 "남루한 존엄으로 서로를 위장한 게릴라전의 나날"(「사랑—비트4」)을 경유해 마침내 저 "여백 제도사"에 이른다. "안타까움과 분노와 무기력"의 기록이라고나 할까. '비트'란 그의 작업실, "조난자들의 무덤"이다. 그리고 그는 마지막에 '시인'으로 돌아온다. 그는 실패한 자, 조난자, 낙오한 자만이, 그 모든 절망을 받아들인 자만이 역설적으로 시에 성공할 수 있다고 말하려는 것이 아닐까. 그는 시가 그 모든 절망에 "필터를 꽂아 숨구멍을 틔우는 일"(「시인—비트23」)이라고 말한다. 그는 '눈먼' "여백 제도사"를 마지막에 보여준다. "아득한 구약 향기의 빗줄기 사이로 / 눈먼 여백 제도사가 걸어가고 있다."라고 말이다. 이 '눈먼'이라는 기표는 시의 길을 걷기로 한 자에게 주어지는 신벌, "압도적으로 아름다운" 언어를 발설한 것에 대한 대가, 과거와 현재와 미래를 아우르는 풍성한 시간—「시인」의 마지막 연은 현재형으로 쓰여 있지만 사실 미래의 일을 기술하고 있는 것처럼 보인다.—을 사는 자에 대한 형벌을 표시하고 있는 것이리라. 모든 위대한 예언자들에게 내려진 벌罰 말이다.

이 '비트'라고 하는 아이디어가 군사적인 은유라는 것이 내게는 또 중요해 보인다. "작전 수첩" 등에 드러난 '작전'의 기표는 김수영의 시에 빚지고 있는지 모르지만, 그는 이 기표를 확실히 독창적으로 자기화했다. 그러면서 그는 이 연작에

'생활'을 함께 수입했다. 바로 이 지점에서 그는 자신의 「악공」 연작을 뛰어넘었다. 그는 '시'와 '생활'의 접경에 서 있다. "시단은 시와 생활 사이에서 갈팡질팡하는 시인 따위는 원하지 않는다. 아니 갈팡질팡 흔들림이 연민의 시로 거두어지는 희귀한 사례를 바라는 것이다."(『서정적 게으름』)라고 그는 혼잣말을 한다. '비트'라고 하는 군사적인 은유는 이 '시와 생활의 접경'에서의 '갈등'을 유비한다. 여전히 그의 '생활'은 명확히 손에 잘 잡히지 않을 때가 더 많지만, 이러한 고민이 시로 터져나온 것은 그의 시에 있어서 중요한 진전임에 틀림없다.

5. 넘치는 생활 정서: '송천동'에 집짓기

「비트」 연작의 '작전'보다도 더 성공하고 있는 것은 「송천동」이나 「길음2재정비촉진구역」 등 지명이 제목이 된 시들이다. 이 가편들에서 그는 동네의 내력에 자기 생활의 이야기를 포개어놓고 있다. 그의 늦은 혼인, 아내와 아이에 관한 이야기들이 진한 생활의 정서를 품고 있는 것은 주목된다. 그것은 잔잔한 정서적 울림을 불러일으킨다.

이들 시에 드러난 전망은 여전히 밝지만은 않다. '송천동'의 이웃들은 가난하고 병들어 있으며, 시인인 내레이터는 오늘도 밥벌이를 위해 시간강사의 처진 걸음을 내딛는다. 「길음2재정비촉진구역」에서 그는 이 동네를 벗어나더라도 또 다른 '가난'이 기다리고 있으리라는 것을 예감한다. 첫 시집 이래의 이 오래된 우울은 그러나 이 '동네시'들에서 작은 반전의 실마리를 맞는다. 시인 아빠를 가르치는 미래의 딸. "아빠 / 홈통 아래는 물이 많아서 풀꽃이 많고(아가 그건 잡초란다) 풀꽃 위에는 장난감이 많고(아가 그건 쓰레기 더미란다) 장난감 위에는 고양이가 많고(쥐도 많겠지)"(「송천동」) 하는 식으로 이어지는 딸의 재잘거림과 아빠의 소리 없는 고민의 교차는 매우 인상 깊다. 이 '시인 아빠'의 깊은 한숨은 결국 이 천진한 딸의 낙관적 비전에 허물어진다. 그는 이 모든 열악한 상황과 싸울 힘을 가족에게서 얻는다. "그래 어디 한번 / 파고 파고 또 파내어 바다 밑바닥까지 내려가보자."(「길음2재정비촉진구역」)라고 그는 제법 배에 힘을 주어 외쳐본다. 이제 그는 "인간은 꿈꾼다 고로 / 인간은 변한다."(「사냥철」)라고 외칠 수 있게끔 됐다.

「우산이끼 그늘 작은 화분에 지은 솔이끼 집」, 「라퐁텐의 천사들」, 「생후」, 「시인의 아내」 등에 나타난 '가족'과 '사랑'에 대한 비전 역시 실패를 통해 진짜 시에 도달하려는 그의 시론에 상당한 보충 설명을 요하게 한다. "갈팡질팡 흔들림이 연민의 시로 거두어지는 희귀한 사례"를 그는 몸소 보여준다. 그는 쓰는 것마다 이 "희귀한 사례"에 이르고 있다. "그

치욕의 무게로 나는 기꺼이 졸고가 되어 이 모든 행간을 건널 밖에."(「시인의 아내」)라고는 해도, 그의 '치욕'은 조금 엄살로 들리게끔 되어버린 것이 아닐까. 그것은 넋두리로서는 상당히 유창하게 들린다. 왜냐하면 "우리 집은 타오르는 우라늄"(「시인의 아내」), 다시 말해 무한히 증식하는 사랑의 에너지로 집은 가득하기 때문이다. '치욕'은 역시 '사랑'으로 상쇄하는 것인가. 이 일련의 절창들은 동업자들이라면 누구나 질투를 느끼게 할 만하다.

6. '얼음'에서 '자연'으로

「비트」 연작의 군사적 은유가 시사하는 바와 같이 이번 시집은 어떤 경계 위에 서 있다. 신동옥은 이 시집을 터닝 포인트로 하여 그동안의 시들과는 다소 질감이 다른 시를 쓰게 될지 모른다. 이미 그는 '집'을 짓고 '아빠'가 되는 세계에 한 발을 들여놓고 있다. 비록 그 '집'이 "출구가 없는 터널 속"(「凶으로 지을 수 있는 모든 것」)에 지은 것이라 해도 사정은 크게 달라지지 않는다.

이번 시집의 일우一隅에는 여전히 어떤 낭만주의의 색채가 남아 있다. 「얼음수레바퀴」, 「얼음물고기」와 같은 '얼음'의 은유를 전면에 내세우고 있는 것은 '생활'과 '예술' 사이에서의 그의 '갈등'을 보여준다. 그는 몸 가볍게 '사랑'의 세계로 넘어가지 못한다. 그에게 세계는 여전히 차갑고 고단한 것이다. 그는 "이슬점 넘어 빙점"(「얼음수레바퀴」)에 이른 세계의 비참을 경험한다. 그리고 구르고 굴러 너무 멀리 와버린 것은 아닌지 근심한다.

전남 고흥의 '남양'이 고향인 그가 「모스크바」, 「굴락」, 「연해주 1937」 등 '북방'을 떠돌고 있는 것은 흥미롭다. 사실 '북방'에 대한 그의 관심은 오래된 것이다. '빅토르 최'와 같은 고려인 로커에 대한 그의 관심(「윅또르와 나」, 『웃고 춤추고 여름하라』)을 떠올려볼 수도 있거니와, 그에게 '북방'은 "치찰음"(「굴락」)이 입술 사이로 문득 새어나오는 "악무한"의 공간이다. 그는 이 고난의 공간을 자신의 기원으로서 받아들인다. 이는 '북방'을 혈연으로 엮음으로써 고난을 자신의 운명으로 받아들이려는 태도로 여겨진다. 그의 상상 속에서 '북방'은 시련의 공간이자 영광의 공간인지도 모른다. 그는 그곳을 독립운동과 아나키즘, 저항과 반항의 공간으로 상상하고 있는 것은 아닐까.

그러나 '북방'에서 그는 서서히 몸을 비틀고 있다. 「적송의 나라」에 그려진 '남양'이 여전히 실패하는 인생의 운명, "패착의 매듭"을 확인하는 공간으로 그려져 있기는 하지만, 그 세계는 '얼음'으로 뒤덮여 있는 대신 "개옻나무 찔레 싸리나무 사방나무 넝쿨딸기 쇠비름" 등 식물계의 이름들로 채워지고 있다. 재개발지구인 '송천동'에도 '덩쿨장미'는 꽃을 피우고 있다(「송천동」). 이와 같은 서정성은 일견 눈부시다. 과거 전봉건이 모더니즘과 서정성을 뒤엮었던 방식을 연상케 한다. 그의 삶은, 운명은 이제 자연으로 틈입하고 있다. 그리하여 그는 자연 속에서 그 위의를 더해가는 인간의 운명에 대해 노래할 수 있게 된 것이 아닐까. 그저 단순히 슬픔과 분노로 일관된 노래가 아니다. 그것을 자연 위에 가져다 놓음으로써 그는 비로소 위엄 있는 인간으로 거듭날 수 있었다. 다시 말해 그는 '용기'를 갖게 되었다. 살아갈 용기. 삶을, 언어를 아끼지 않아도, 여전히 살아갈 수 있는 용기. 그의 성숙이 내디딘 큰 걸음에 축복 있으라!

문예중앙시선 47

고래가 되는 꿈

초판 1쇄 발행 | 2016년 11월 1일

지은이 | 신동옥
발행인 | 이상언
제작책임 | 노재현
편집장 | 박성근
디자인 | 김진혜
마케팅 | 오정일 김동현 김훈일 한아름 이연지

발행처 | 중앙일보플러스(주)
등록 | 2007년 2월 13일 제2-4561호
주소 | (04517) 서울시 중구 통일로 92 에이스타워 4층
판매 | 1588 0950
팩스 | 02 6442 5390
홈페이지 | www.joongangbooks.co.kr
페이스북 | www.facebook.com/hellojbooks

ISBN 978-89-278-0806-0 03810

• 이 책은 서울문화재단 '2015년 문학창작집 발간지원사업'의 지원을 받았습니다.

문예중앙은 중앙일보플러스(주)의 문학 단행본 브랜드입니다.

문예중앙시선 목록

01	조연호	농경시
02	여정	벌레 11호
03	김승강	기타 치는 노인처럼
04	송재학	진흙 얼굴
05	김언	거인
06	박정대	모든 가능성의 거리
07	이경림	내 몸속에 푸른 호랑이가 있다
08	안현미	곰곰
09	이준규	삼척
10	이승원	강속구 심장
11	강정	활
12	이영광	그늘과 사귀다
13	장석주	오랫동안
14	최승철	갑을 시티
15	강연호	기억의 못갖춘마디
16	홍일표	매혹의 지도
17	유안진	걸어서 에덴까지
18	임곤택	지상의 하루
19	박시하	눈사람의 사회
20	문정희	카르마의 바다
21	임선기	꽃과 꽃이 흔들린다
22	고운기	구름의 이동속도
23	장승리	무표정
24	우대식	설산 국경

25	김박은경	중독
26	박도희	블루 십자가
27	허만하	시의 계절은 겨울이다
28	고진하	꽃 먹는 소
29	권현형	포옹의 방식
30	위선환	탐진강
31	최호일	바나나의 웃음
32	심재휘	중국인·맹인 안마사
33	정익진	스캣
34	김안	미제레레
35	박태일	옥비의 달
36	박장호	포유류의 사랑
37	김은주	희치희치
38	정진규	우주 한 분이 하얗게 걸리셨어요
39	유형진	우유는 슬픔 기쁨은 조각보
40	홍일표	밀서
41	권기덕	P
42	김형술	타르초, 타르초
43	조동범	금욕적인 사창가
44	조혜은	신부 수첩
45	성윤석	밤의 화학식
46	박지웅	빈 손가락에 나비가 앉았다
47	신동옥	고래가 되는 꿈